HANS JAKOB CHRISTOFFEL
VON GRIMMELSHAUSEN

# DER TEUTSCHE MICHEL

Langewiesche-Brandt

Badische Buchreihe
Herausgegeben
von der Badischen Bibliotheksgesellschaft e. V.
Karlsruhe

Band 1

Hans Jakob Christoffel von Grimmelshausen
Der Teutsche Michel
Mit Nachwort und Anmerkungen
von Gunther Kleefeld

Deß Weltberuffenen

# SIMPLICISSIMI

Pralerey und Gepräng

mit seinem

# Teutschen Michel/

Jedermänniglichen / wanns seyn
kan/ ohne Lachen zu lesen erlaubt

Von

Signeur Meßmahl.

Gedruckt unter der Preß / in dem
jenigen Land/ darinnen dasselbe lobwürdig
Geschirr erstmahls erfunden
worden /

ALs seIne LIebe Innwohner neben anDern
VöLCkern anfIengen / Den Iahren Vnsers
HeILs naCh/ In gLeICher ZahL
zV zähLen.

## Inhalt dieser prahlerhaften Schartecken

Wie deß Mahlers
Farb-gemeng,
So ist ũnser
Spr ach-ge
präng

## Caput I

# Lob der Sprachkündigen.

Mehr als gewiß ists, und es wirds auch nimmermehr kein Verständiger verneinen, daß es einem Manns-Menschen (die Weibsbilder werden billig von diesem Geschäft in seiner gewissen Maß ausgeschlossen, weil nicht viel auf die gereiste Frauen und erfahrne Jungfern gehalten wird) nicht übel, sonder recht wohl, zier- und löblich anstehet, wann er vieler Sprachen erfahren. Und wann ein solcher das Lobwürdige, so er gelernet und begriffen, seinem Vaterland zum Besten und seinem Nächsten zum Nutzen anzulegen geneigt und beflissen ist, so ist er billig mehr zu ehren und hervor zu ziehen, als sonst tausend seiner andern Landsleut, die nur hinterm Ofen gesessen und nichts anders können als Äpfel oder Birn braten.

Der Elefant und das Nashorn übertreffen den Menschen mit der Größe, die Hirsch kommen ihm zuvor mit ihrem schnellen Lauf, die Ochsen mit ihrer Stärk, die Lüchse mit ihrem Gesicht, die Löwen mit ihrer herzhaftigen Großmütigkeit, die Affen mit der Geschwindigkeit, die Hunde mit ihrem Geruch &c. Aber der Mensch gehet ihnen allen vor mit der Sprach! Man lieset zwar, daß etliche Raben, Atzlen und Staren geredet, höret es auch noch täglich an den Papegeien, und ich selbst hab eine Dohle abgerichtet, daß sie unterschiedliche Wörter ausgesprochen. Aber es ist ein großer Unterscheid zwischen ihrer und der Menschen Red: bei dieser erzeiget sich Vernunft und Verstand, welches allerdings bei ihnen manglet. Die Häher, die man auch Schecken nennet, öhmen der Hunde Bellen, der Geißen und Schafe Plecken, der Hühner Gacksen und andern Tiern mehr dergleichen Dings nach, sie wissen aber drum selbst nicht, warum. Also lernen zwar etliche Vögel einige deutliche Wörter aussprechen, wissen und verstehen aber nicht, was sie gelernet und geredet haben, wie im Gegenteil der Mensch tut. Dannenher ohn Zweifel die Griechen beides, die Red und den Verstand, mit einem Namen **λόγος** genennet, weil sie mit einem unzertrennlichen Band zusammen gebunden, zumalen eine Red ohne Verstand vor keine Red zu halten.

Wann nun der Mensch um seiner vernünftigen Sprach willen allen Tiern vorzuziehen, um wieviel höher ist dann der jenig zu halten und zu ehren, der unterschiedlicher Sprachen kündig und damit beides, die unvernünftige Tier und andere Menschen, die nur ihre Mutter-Sprach reden können, übertrifft!

So ist auch der Nutz, den man von den Sprachkündigen hat, an sich selbsten sehr nahe unaussprechlich, und zwar, wann man nur schlechthin bedenkt, was vor Künste und Wissenschaften unsere gelehrte liebe Teutsche durch Ubersetzung fremder Bücher ihrem Vaterland beigebracht und mitgeteilet haben, maßen mehr als genugsam bekannt, daß unsere kriegerische rohe Vorfahren sich als ein wildes Volk nicht so bald der Weisheit beflissen, wie die Ägyptier, Hebräer, Griechen, Lateiner und andere Völker getan, die auch anfänglich, und zwar gar zeitlich, zu ihrer Sprach bequeme Buchstaben erfunden. Daß nun Teutschland zu einem und dem andern gelangt, hat man sonst niemand als den Sprachkündigen zu danken; ja nicht nur dieses, sonder auch, daß wir durch sie die Erkanntnus GOttes und seines heiligen Worts und Willens empfangen, wannenhero wir die selige Ewigkeit zu hoffen, in deren Ermanglung wir hingegen der Verdammnus nicht entrinnen möchten.

Dann gleichwie GOtt zu Nimrods Zeiten durch Zerteilung der Sprachen die Menschen voneinander trennet, daß sie den vorhabenden gewaltigen Turn zu Babylon nicht auszubauen vermöchten, also hat Er nach der Himmelfahrt unsers Erlösers durch Sendung seines H. Geists den Aposteln die Gab geben, mit mancherhand Zungen zu reden, damit sie durch solches Mittel die Menschen wieder in Einigkeit zusammen bringen und Ihm also die christliche Kirch auferbauen könnten.

Ist also die Gab, unterschiedliche Sprachen zu reden, nicht allein eine nutzliche und höchstnotwendige, sonder auch eine Göttliche Gab, ohne welche die hiebevor barbarisch gewesene Völker immerhin im Finstern leben und wie das Vieh sterben müßten, da sie hingegen in Genießung derselben jetzunder das jenige, warzu sie als Menschen erschaffen, vollbringen und ihrer Seelen Heil würken können; und wohl dem, der diese hohe Gab (welche der H. Paulus der Gab der Prophezeiung verglichen) durch GOttes Gnad besitzt und solche zu seines Schöpfers Ehr, zu seiner Seelen Heil und zu seines Nächsten und Vaterlands Nutz wohl anlegt. .

Derohalben wie die Apostel und andere Glaubige in der Ersten Kirch damit begabt, also haben auch alle christliche Theologi sich derselben beflissen, und beklagt der H. Augustinus (lib. Confessionum), daß er sich in seiner Jugend in den Sprachen nicht mehr geübt, welche ihm jetzund zu Erklärung Heil. Schrift so trefflich zustatten kämen; bezeugt auch (lib. de doctrina Christiana), daß die Lateiner zum rechten Verstand der H. Schrift der andern beiden Sprachen, nämlich der griechischen und hebräischen, bedörftig, und scheinet, daß Christus selbst diese drei Sprachen hierzu am H. Kreuze geheiligt, allwo sie auf seinem sieghaften Titul gestanden.

Die Juristen müssen ebenmäßig fremder Sprachen kündig sein, sintemal der Codex Justinianaeus so viel griechische Wörter in sich hält, daß zu vermuten, er sei erstlich in derselben Sprach beschrieben worden. Und wie können die rechtschaffne Medici fremder Sprachen entbehren, wann sie den hebräischen Isaac Rabbi Levi, die arabische Ärzt Avicennam und den Averoes, den griechischen Hippocratem und Galenum und anderer Nationen Autores, so von der Medizin in ihrer Sprach geschrieben, verstehen wollen? Und eben also ists auch mit den Mathematicis beschaffen.

Und wie will ein Staat in die Läng bestehen oder eine Nation glückselig regiert werden können, wenn deroselben vornehmste Vorsteher und Regenten der benachbarten Sprach (mit denen sich gleichsam täglich irrige Händel und Spänn zutragen) nicht verstehen? Müßte nicht alles, was sonst durch eine freundliche Unterredung gütlich beigelegt werden könnte, auf Verbitterung und blutige Krieg hinaus laufen? Und zwar so ist es auch denen, so Krieg führen, so nötig, ihrer Feinde und des Lands Sprach, darin sie kriegen, zu verstehen, als nötig ihnen Gewehr und Waffen, Vivers und Munition immer sein mag! Was wollen wir aber vom Kaufhandel sagen, der mit Ausländischen getrieben werden muß? Wie würde sichs immermehr schicken, wann man dasselbe wichtige Geschafte (das in so vielen unterschiedlichen oder absonderlichen Stücken bestehet, als man beinahe Waren und Geldsorten findet, und welches jetzige Welt weder entbehren will, kann noch mag) nur mit Deuten, wie man mit den Stummen handlen muß, verrichten wollte? Würde es nit gehen, wie man findet, daß es den Atheniensern mit einem Narren gangen, welchen ihnen die Römer, als sie von ihnen Gesetze begehrt, zu einer stummen Disputation vorgestellt, um zu erfahren, ob sie, die Römer, auch würdig wären, solche heilsame Recht und Gesetz zu empfahen oder nicht, allwo die Weise von dem Narren betrogen worden?

Man sagt von einem Franzosen, welcher sich von seiner Gesellschaft in Köln verirret und so lang herum gelaufen, bis ihn der Hunger dermaßen im Magen vexiert, daß er allerdings kraftlos darvon worden, weil er auf teutsch weder Speis noch Trank fordern, viel weniger nach seiner Herberg fragen können, bis ihm endlich einer von seinen Landsleuten, den er an der Kleidertracht erkannt, aufgestoßen, welchem er seine Not geklagt, der ihn in eine Gasse gewiesen und gesagt, er werde dort ein Haus finden mit einem ausgehenkten roten Schild, allwo man ihm gnug Essen und Trinken ums Geld geben würde. Der gute Kerl folgt, gerat aber in eines Balbiers Haus, das auch einen roten Schild hatte (maßen nit nur die Wirts-, sondern auch andere Häuser mehr alldorten Schild zu haben pflegen), und deutet damit ins Maul, als hätte er sprechen wollen, man sollte ihm etwas zu fressen hergeben. Der Barbierer aber verstehet, er sollte ihm einen Zahn ausbrechen, sucht derowegen seine Instrumenten hervor, das Werk anzugehen, dem sich aber der Welsche von allen Kräften widersetzte; aber es half nichts, dann weil der Balbier vermeinte, er entsetzte sich vor dem Schmerzen, nahm er seine beide Gesellen zuhülf und riß dem Tropfen wider seinen Dank und Willen einen Zahn aus, vor welche Mühe er ihm noch darzu lohnen mußte.

Seind also die Sprachkündige nicht allein alles Lobs und großer Ehren wert, sondern sie können auch mit jedermann umgehen und vielen andern verholfen sein, welche die Sprache nicht verstehen; Könige und Potentaten können der Dolmetschen so wenig als gemeine Leut entbehren, wenn sie mit Fremden zu tun haben, sonder müssen sie, wo nit unter ihre Liebling, doch wenigst unter die jenige rechnen und aufnehmen, die stetig um sie sein.

## Caput II

### Daß einem drumb an der Vollkommenheit nothwendig nichts abgehen müsse / wann er gleich nur seiner Mutter Sprach redet / und verstehet.

GOtt hat durch seine allerweiseste und gütigste Vorsehung einem jedem Ding, das er dem einen oder andern Menschen als eine sonderbare Gab vor andern verliehen, so ihn aber zur Hoffart reizen möchte, etwas entgegen gesetzt, das ihn in den Schranken der Demut zu verbleiben erinnert und seiner selbst Erkanntnus wahrzunehmen. Das allerschönste Frauenzimmer hat die allergrößte Gefahr, an seiner Ehr und Keuschheit am allerersten Schiffbruch zu leiden; die allerheiligste Menschen werden vom Teufel am mehristen versucht; die tapferste Helden-Gemüter müssen die größte Gefahr überstehen; das ehrwürdig Alter hat durch Erfahrung große Weisheit gesammlet, empfindet aber auch mehrere Gebrechlichkeiten als die unbesonnene Jugend, auf daß es nit zu aufgeblasen werde. Man sagt: Je gelehrter, je verkehrter; und weiß noch nicht, ob Demosthenes und Cicero mit ihrer Witz und Wohlredenheit dem gemeinen Nutz mehr geschadet oder genutzet haben.

Gleichwie wir aber das Gute selten erkennen und das, was uns zur Demut, dem Fundament aller Tugenden, weiset, noch langsamer annehmen, also bilden sich teils Sprachkündige ein, wollen auch andere Leut so bereden, sie allein hören das Gras wachsen; ist aber ein irriger Wahn und großer Fehler unserer Zeit, wann man ungezweifelt darvor halten will, es müsse ein jeder teutscher Weltmann notwendig Latein-, Französ- und Sclavonisch, ein jeder Geistlicher aber neben seinem Latein auch Griechisch und Hebräisch verstehen, reden und schreiben können, soll man anders jenen vor klug und erfahren, diesen aber vor gelehrt genug halten; gleichsam als wann GOtt Weisheit und Verstand, ja alle Kunst und Wissenschaften nur in die fremde Sprachen verborgen, und eines jeden Muttersprach, oder vielmehr die jenige, so nur ein Sprach reden, allein leer gelassen hätte.

Wir können nicht eitel Mirandulani, Scaligeros, Salmasii, Vossios, Grotii, Heinsii, Birckheimer und dergleichen sprachkündige Wundermänner sein, welche ohn das unter allerhand Ständen so dünn gesäet, als die annoch vorhandene gewichtige Rosenobel, die ehemalen aus Raimundi Lullii Kunstgold gemünzt worden sein sollen; dann es ist nicht jedem gegeben, mit Zungen zu reden (und gleichwohl haben wir keinen Mangel an erfahrnen, weisen, tapfern, kunstreichen und allerhand geschickten Leuten, deren man gemeiniglich mehr als der Sprachkündigen findet). Der Engel ist diese Gab eigen, und den heiligen Dienern GOttes wird sie bisweilen zu Ausbreitung seines allerheiligsten Namens Ehr verliehen, wie wir von den Aposteln und andern mehr lesen.

Zwar ists eine gewisse Anzeigung einer vortrefflichen Gedächtnus, wann ein Mensch viel Sprachen lernen und behalten kann, und dahero zu schließen, ein solcher werde auch im übrigen keinen hölzern Kopf haben, in welchem sich kein Hirn befindet. Aber in Wahrheit, dieser Wahn betreugt oft; neulich war ich dabei, als sich ein Sprachheld bei einem vornehmen Obristen um Dienst anmeldet; er wurde gefragt, was er könnte und was vor Dienste er zu versehen getraute.

Seine Antwort war: Ich rede meine Sprachen, Latein, Französisch, Italianisch, Spanisch und Böhmisch! Mit den Gebärden aber gab er genugsam zu vernehmen, daß er entweder wenig bei rechtschaffnen Leuten gewesen, oder daß ihm sonsten durch Einladung so vieler Sprachen die Hirnkammer dermaßen angefüllt worden, daß kein Winkel mehr übrig, noch etwas Nutzlichs hinein zu packen. Kurz gesagt, er sah aus wie einer, dems ins Dach regnet. Der Obrist antwortet ihm: Die Atzlen können auch schwätzen, aber die losen Vögel können auch sonst nichts anderst als das Geld vertragen. Und damit hatte der gute Kerl seine Abfertigung; hätte er aber darneben auch Pulver schmecken können und auf den Notfall die Hand mit an den Degen zu legen getraut, welches viel Einspracher geschwind lernen, so wäre er ohn Zweifel bei diesem Herrn willkommner gewesen, wann er gleich ein paar Sprachen weniger gekönnt.

Es ist sich aber nicht drüber zu verwundern, wann einer drüber zum Narren wird, der neben dem Teutschen auch vollkommen Lateinisch, Hebräisch und Sclavonisch lernen will, dann aus dem Herbräischen kommt Syrisch, Chaldäisch, Arabisch, Persisch, Medisch, Türkisch, aus dem Sclavonischen Polnisch, Böhmisch, Russisch, Kroatisch, Wendisch &c., aus dem Lateinischen Italianisch, Spanisch, Französisch und mancherlei Rebsteckenwelsch, gleichwie aus dem rechten Teutschen Holländisch, Englisch, Dänisch, Schwedisch, Nordwegisch &c. entsprungen. Wann nun einer alle Kräfte seines Verstandes anlegt, diese Sprachen zu lernen, maßen viel Witz in einem guten Kopf hierzu erfordert wird, Lieber, was wird ihm übrig verbleiben, solches zu andern Sachen zu gebrauchen? Sehen wir doch täglich, wie geckisch sich teils der Unserigen beides in Kleidung, Sitten und Gebärden stellen, wann sie aus Frankreich kommen und kaum anderthalbe Sprachen gelernet; wie wurden sie ehrerst tun, wann sie deren noch mehr könnten?

Aber gesetzt, es wäre irgends ein solcher Wunder-Mensch (die liebe Heilige neben den guten und bösen Englen werden hier ausgenommen), der alle obige Sprachen und noch darzu Malaisch, Chinesisch, Japonisch, Amerikanisch, Griechisch, Abissinisch und in Summa alle Sprachen, die sich unter der Sonnen befinden, mit und bei guter gesunder Vernunft verstehen, reden und schreiben könnte: Lieber, was wärs alsdann wohl mehr? Mithridates, König in Ponto, redet 22 Sprachen, und der Römer Crassus konnte seinen Untergebenen in Asia durch fünf unterschiedliche Dialectos der griechischen Sprach Recht sprechen! Aber waren diese beide Sprachkündige drum besser, edler, weiser, klüger und, was das meiste ist, glückseliger als andere Menschen ihrer Zeit, die nur ihre einzige Mutter-Sprach geredet? Ich gestehe es, man hat Ursach, sich über sie und andere zu verwundern; hätten sie aber so heilig gelebt und wären so selig gestorben als der heilige Kirchenlehrer Hieronymus, welcher Hebräisch, Chaldäisch, Persisch, Medisch, Arabisch, Griechisch und Lateinisch gekönnt, so hielte ichs vor kein Wunder, wann sich etliche Sprachkündige entblödeten, den Unwissenden einzubilden, die Kündigkeit vieler unterschiedlicher Sprachen mache die Menschen nit allein vollkommen, gescheit, klug und besser als andere, sonder sie sei auch nötig, zu dem höchsten Gut zu gelangen.

Der große berühmte Einsiedel Antonius konnte nicht allein sonst keine als seiner Mutter Sprach, sonder war auch gar des Lesens und Schreibens ohnerfahren, und dannoch wußte er die ganze heilige Schrift samt ihrer Auslegung! Er war nit gereist, die Weisheit in der Fremde zu suchen, noch sie und sein Vollkommenheit in den ausländischen Sprachen zu ergreifen, und gleichwohl lief alle Welt, ja der Kaiser selbst sendet zu ihm als zu einem seltenen Wundermann, jene, von ihm zu lernen, dieser, seines Rats zu pflegen, beide Teil aber, sich in sein Gebet zu befehlen.

Ist und verbleibt demnach ein blinder Wahn deren, die darvor halten und andere Leute auch also zu glauben bereden wollen, man könne nicht recht verständig sein, noch vor vollkommen gnug gehalten werden, man habe sich dann zuvor durch Begreifung fremder Sprachen darzu bequemt und einen Weg zur Witz gemacht, den Verstand dadurch erhöhet, die Vernunft geschärpft, die Sinne erleuchtet und in Summa alle gute Gaben (die aber, wie man in meinem Heimet sagt, von oben herab kommen) durch die Tür der fremden Wörter erhascht und sich zugeeignet; dannenhero kommts, daß sich bishero noch kein verständiger Teutscher zu Tod gegrämt, viel weniger sich gar erhenkt, um willen er keine andere als seiner Mutter Sprach begreifen mögen; wirds auch fürderhin noch keiner tun, weil er keine sonderbare große Ursach darzu hat.

## Caput III

### Von absonderlicher Hoffart etlicher Sprach-Helden / die ihnen wol übrig verbleiben könnte.

Gleichwie ichs vor einen groben Unverstand halte, jemand um dessentwegen zu tadlen, der fremde Sprachen zu lernen sich bemühet, ja einem solchen Tadler seinen Unverstand mehr vor eine Sünd als eine Grobheit aufrechnen wollte, wann er dergleichen etwas wider einen Sprachkündigen auf die Bahn brächte, der das jenig, was er erlernet, wohl anlegt, und beides, seinem Vaterland und Neben-Menschen, damit dienet; also ist mir hingegen unmöglich, das Lachen zu verhalten, wann ich sehe, wie hochtrabend ein Teutscher herein tritt, so bald er nur ein wenig von unserer Nachbarn zusammen geflickten Sprachen verstehen und daher lallen kann, ob sie gleich unserer vollkommenen in, an und vor sich selbst bestehenden teutschen Helden-Sprach weder an Güte noch Altertum das Wasser nit zu bieten vermögen.

Dann, Lieber, wer wollte nicht lachen (er wollte dann mit aller Gewalt sich zwingen, ein Heraclites zu sein), wann er siehet, daß ein solcher Phantast auch durch närrische Veränderung der Sitten und Kleidungen sich verlarven, mit allem Fleiß zum Unteutschen machen und seine redliche Landsleut verachten will, weilen sie nit so meisterlich als er auf böhmisch zu stehlen, auf kretisch zu lügen, auf italianisch zu lefflen, auf spanisch zu schmeichlen und zu betriegen, auf russisch zu prahlen und auf gut französisch zu potzmartern wissen; welches dann bei teilen gemeiniglich die schöne Tugenden und sieben Sachen zu sein pflegen, die sie neben den erlernten Sprachen um ihr gut teutsch Geld in der Fremde begriffen und mit sich nach Haus gebracht haben; es wäre dann Sach, daß der ein oder ander gelernige Kopf auch erfahren, was neben einem bösen Gewissen die spanische Blattern, französische Grätze und italianische Driesen vor grausame Tier seien.

Es siehet ihm gleich, wann die indianische Pfauen und calecutische Hahnen mit hangenden Flügeln und ausgespreiten Schwänzen prangen, als ob sie mit solchen hoffärtigen närrischen Gebärden und stolzem Schnupfen und Gekoller unserem teutschen Geflügel aufrupften und rühmten, aus wie fernen Landen sie als ein vortreffliche, edle Art zu ihnen hergeholet worden sei; dessen dann unser teutsch Geflügel, wann es ihm sowohl als den Menschen gegeben worden wäre, sich satt genug lachen möchte. Wann aber unsere eingeborne Lands-Kinder so aufziehen und in unnötiger Herweisung der erlernten Sprach, der närrischen Gebärden, der fremden Kleider-Tracht und erst kürzlich angenommener ausländischen Sitten sich auszuärtlen scheinen, was tuen sie anderst, als daß sie ihre ernsthafte redliche Landsleut, die nicht gleicher Torheit mit ihnen ergeben, verachten, soviel an ihnen ist, ihr Vaterland verleugnen und samt seinen Einwohnern verschmähen wollen, in und vor sich selbst aber sich ihres Herkommens unwürdig machen? Wie aber die Sitten und Gebärden eines solchen Phantasten beschaffen, hat meine nahe Bas Catharin (die mir zwar keine Verwandtschaft gestehet, sonder mich zum Salbader logiert, wiewohl sie die drei ärgste Erz-Narrn in der Welt auf einen Wurf, gleichwie ich den Simplicissimum, geborn) in ihrem

Kindbett am 20. Capitel mit lebendigen Farben geistreich genug abgemalet, allwo sich der großgünstige Leser Berichts erholen mag.

Es ist aber schon vorlängst eine allgemeine Sucht eingerissen der Art, daß die jenige, so daran krank liegen, weit von ihrem Vaterland gebürtig zu sein wünschen; diese wurde so heftig, daß auch aus selbiger ungereimten Torheit ein Sprichwort entsprungen, welches man zu denen gesagt, die man verachten wollen, nämlich: Du bist nit weit her! Wann nun eine Narrheit die andere entschuldigen könnte, so müßte diese denen, welche aus Teutschgebornen zu der ausländischen Nationen Affen worden, um etwas wenigs zum Besten gedeihen (vornehmlich, weil ohnedas kein Prophet in seinem Vaterland etwas gilt), also daß man sie noch neben andern Blödhirnigen gedulden möchte.

Doch behüte mich mein GOtt, daß ich einen, der gelerniger als ich, klüger als ich, erfahrner als ich, höflicher als ich, geschickter als ich, verständiger als ich, kunstreicher als ich, &c. darummen unter die Narren zählen sollte, weil ich selbst ein Ignorant und grober, ungeschickter, unwissender Esel zu verbleiben prädestiniert sein und nicht zum tausendsten Teil so viel Witz haben möchte, mich, wie sie es können, durch die läufige Mode unserer Zeit bei jedermann beliebt und angenehm zu machen. Nein, so weit treibet mich der Neid und Mißgunst nicht! Aber gleichwohl erinnert mich der Eifer vor die ehemals so hochberühmte teutsche Standhaftigkeit, die jenige Wankelmütige, so, aus obiger Krankheit angetrieben, ihrem Vaterland fremd werden wollen, zu dem weisen Thale in die Schul zu schicken, welcher dem Glück eben so hoch gedankt, daß er ein Griech und kein Barbarus, als daß er kein Weib, sonder ein Mann, ja kein unvernünftig Tier, sonder ein Mensch geboren worden! Und hierzu veranlaßt mich vornehmlich dies, daß ich täglich sehe, wie etliche unserer Landsleute sich selbst verderben und ihrer teutschen Art absterben, wann sie sich neben Ergreifung fremder Sprachen auch fremder delikater Speisen, prächtiger Kleidungen Gebrauchs, und im übrigen durchaus ein zärtlich weibisch, ja schier viehisches Leben angewöhnet und sich also ihres Herkommens, Standes und Namens entwürdigt haben.

Schön stehets, wie ich auch oben gemeldet, wann einer sprachkündig ist und gereiset hat! Aber gleichwohl schätzte das Oracul zu Delphis Aglaum Psaphidium vor den allerglückseligsten Menschen seiner Zeit, ob er gleich niemalen keinen Fuß aus seinem geringen Bauren-Gut gesetzt, noch ein andere Sprach, als die seine Mutter geredet, gelernet hatte. Uberdas haben die namhafteste Völker ihr Vaterland und dessen gemeinen Nutzen jeweils höher geachtet als ihr eigen Reputation, Ehr und Leben, maßen an den tapfern Spartanern abzusehen; und welcher es mit fremden Sitten befleckt, hat schlechte Ehr davon getragen, wie noch an dem Nachklang des Römers Scipionis Asiatici wahrzunehmen!

Und zwar, ihr neugierige verderbte Landsleute, machts wie ihr wollt, so könnt ihr euch selbst doch nicht anderst machen; ihr müsset ein vor allemal geborne Teutsche sein und verbleiben, und sollt ihr gleich die Vorhäut auf Jüdisch oder Türkisch, eben als wie die Bärt auf Französisch, Spanisch oder Kroatisch beschneiden lassen, ja wann ihr gleich Tartarisch reden, mit den Indianern nackend gehen oder euch gleich den Novazemblern in Pelzwerk bis über die Ohren verkleiden würdet.

Ihr arme Tropfen seid schier zu bedauren, die ihr sonst so klug und erfahren sein wollet, und billig sein sollet, daß ihr euch selbsten nicht kennet, sonder verkleinert! Wisset ihr dann nicht, daß ihr von den Teutschen, der allertapfersten, der alleredelsten, der alterältesten Nation unter der Sonnen, entsprungen? Wisset ihr nicht, daß beinahe die vornehmste Geschlechter und, es manglet wenig, die allerdurchleuchtigste Häuser in Hispania, in Italia und anderswo mehr sich vor ein große Ehr halten, wann sie sich nur ein wenig zu rühmen vermögen, ihre Vorfahren seien aus teutschem Geblüt entsprossen? Seid ihr dann so unwissend, oder wollt ihrs sonst nit achten, daß die jetzige Franzosen selbst von den Teutschen abkommen, deren unteutschen Sitten (die sie vielleicht von den alten Gallis, welche ihre alte teutsche Vorfahren ritterlich überwunden, erlernet und angenommen) ihr jetzo nachöhmet und vermittelst solcher Nachäffung, euerem Vaterland zum Spott und Hohn, euch dem einen oder anderen zum Sklaven macht? Gleichsam als wären selbige von unseren löbl. Vorfahren mit Fleiß in die umliegende Länder geschickt worden, fremde Sitten und Gebräuch zu begreifen, damit sie euch künftig, wie jetzt vor Augen zu sehen, Gesetze vorschreiben und euch lernen sollten, wie ihr euch in Kleidungen, in Gebärden, in Essen und Trincken &c.&c.&c. und, was das allermeiste ist, in Beobachtung euer und euers Vaterlands Selbst-Erhaltung stellen und anlassen sollet!

Wisset ihr nicht, daß die alte kluge Ägyptier und ihr gewaltiges Königreich, die ihres gleichen in der Welt nit gehabt, zu Grund gangen? Wisset ihr nicht, daß die alte Phoenicier abgangen, die ehemals wegen so vieler sinnreichen Erfindungen den ganzen Erdboden mit ihrem annoch unsterblichen Lob durchstrahlet? Wisset ihr nicht, daß die Herrlichkeit und Majestät des römischen Volks von euren edlen Voreltern gedemütigt und der Adler von ihnen aus seinem Nest zu uns Teutschen geholet worden? Worüber sie dann auch ihre eigne Sprach, das reine Latein, nit behaupten mögen, sonder sich mit einer zusammen gestückelten, sowohl als die Franzosen, von ihren Müttern beschlagen lassen müssen. Was habt ihr vor Ursach, den Griechen nachzuöhmen? Sie haben zwar, gegen andern Völkern zu rechnen, so wohl als die Hebräer, Chaldäer und Araber auch vortreffliche Leut der Welt geboren und dargeben; aber sehet! sie sein auch so wohl als diese zu Sklaven worden, so daß bei ihren Nachkömmlingen kaum ein geringer Schatten von dem Glanz ihres hiebevorigen Ruhms übrig verblieben! Wohingegen euere liebe Vorfahren nicht allein seit unsers Großvaters, des Aschenatz, Zeiten ihr Vaterland unvermischt und rein erhalten, beständig bewohnet und gegen alle andere Ausländer beschützt, sonder noch darzu dasselbe mit der Fremden Künsten, Wissenschaften (geschweige hier ihrer eignen Erfindung, als der Zeig- und Schlag-Uhren, der Druckerei, des Büchsen-Pulvers), ja was noch mehr ist, sogar mit der römischen Monarchia illustriert und geziert und in Summa es so weit gebracht haben, daß nunmehr zu fragen stünde, was Guts und Nutzlichs doch immermehr jetziger Zeit die Ausländer noch übrig hätten, das wir nit so wohl als sie vorlängst besessen; was es wäre, das der Mühe noch lohne, daß um dessentwillen ein teutscher Sinn durch Lernung fremder Sprachen den Kopf zerbreche? Es nehme dann der eine oder andere der Schacherei halber die Müh auf sich, darvon er aber wenig Ruhm und Ursach zu prahlen haben wird.

Darum, mein lieber teutscher Landsmann, überhebe dich nit in deiner Einbildung, wann du gleich ein paar vermischter Sprachen von deinen auch vermischten Nachbarn oder auch wohl gar die drei so genannte Hauptsprachen (das einzig ansehenliche Uberbleibsel der Juden, Griechen und Römer) gelernet hättest; GOtt gab seinen Aposteln Gnad, mit allerhand Zungen zu reden, warbei sie dannoch demütig verblieben, als welche wohl wußten, daß hingegen andere die Gab hatten zu weissagen, Teufel auszutreiben, Tote zu erwecken &c., ob sie gleich nit mit Zungen redeten. Wann Witz, Weisheit und Verstand oder Tugend und Tapferkeit allein in den fremden Sprachen verborgen läge, so würden beides, Hebräer, Griechen und Lateiner, die Herrlichkeit ihrer Reiche im Flor und ihre so glückselige und wohlgesegnete Sprachen bei ihrer Reinigkeit erhalten haben, welche aber sie selbsten jetzunder bei ihnen so schlimm antreffen lassen, als wann sie sich ihrer schämten.

## Caput IV

# Noch von einer anderen Art Sprach-Verbesserer oder / wahrhaffter zu reden / Teutsch-Verderber.

Ohne diese erzählte ohnärtige Art Vaterlands- und Muttersprach-Verächter gibts noch eine andere Gattung Sprach-Helden, welche jenen zuwider unser Teutsches, gleich wie die Affen ihre Junge, nur gar zu hoch lieben und dasselbe durch Erfindung neuer Wörter oder vielmehr durch eine neue, zuvor unerhörte Orthographiam, wie die Alchimisten die unvollkommene Metall durch ihr Elixir divinum, auf den höchsten Grad zu bringen sich bemühen, um ihnen bei der unbeständigen neugierigen Welt ein Ansehen zu machen. Gleich wie sie aber hierin nur ihr eigne Ehr suchen, also bringen sie auch so närrische Ding, so lächerliche Fratzen, so lahme Zoten, so elende Mißgeburten auf die Bahn, daß ich mich kühnlich versichert halten kann, wann ich meinem Schulmeister mit dergleichen Grillen aufgezogen kommen wäre, wie sie zu tun pflegen, daß er mich dermaßen zerfitzt hätte, daß ich gumpen müssen wie ein Esel, dem irgends einer eine Hand voll scharpfer Distel oder Brenn-Nessel unter den Schwanz gelegt.

Ihr elende Tropfen, was bildet ihr euch ein, daß ihr euere Väter unterstehet zu lernen, wie sie Kinder zur Schul tun, und euere Mütter, wie sie ihnen die Sprach mit eurer durchsaurten, an statt der wahren und rechten natürlichen Muttermilch einflötzen sollen? Wahrhaftig, ihr dauret mich, wann ihr durch solche Torheit und vergebliche Mühe hoffen wollet, bei der allerlobwürdigsten Frucht-bringenden Gesellschaft euern Banner anzubringen und euerer Teutschverderberei wegen an selbigem höchstrühmlichsten Ort einen Ehren-Platz zu finden, allwo man euch billiger mit Ruten zu stäupen, als mit Ehr und Lob zu bekrönen befugt.

Betrachtet doch, ich bitt euch um GOttes willen, betrachtet doch selbst, was ein rechtschaffner, ehrlicher alter Teutscher gedenken und sagen möchte, wann er siehet, daß ihr Fader für Vater, slächt vor schlecht, entslagen vor entschlagen, Kwäll vor Quell, fon für von, sleichen vor schleichen, fer vor ver, fil vor viel, ädel vor edel, fäst vor vest, Kwaal vor Qual und so fortan schreibet? Därft ihr euch wohl einbilden, er werde vermeinen, solches sei recht und wohl geschrieben? Ach nein! Ein solcher alter oder auch wohl aus unsern Nachkömmlingen ein jeder junger Teutscher werden im ersten Anblick, wann sie über euere Schriften kommen, urteln und schließen, entweder der Schreiber sei ein Weib oder ABC-Schütz, wo nit gar ein Narr, oder der unschuldige Setzer und Corrector in der Druckerei wären hinlässige Hudler und ungelehrte Tropfen gewesen.

Liebe Landsleute, gebt doch GOtt und eurem Vaterland die Ehr und gestehet, wann ihr das C und Y neben dem V und Q als unteutsche Buchstaben aus dem ABC gemustert haben werdet, daß ihr alsdann das Wort Teutsch nicht mehr recht, wie es gesprochen wird, schreiben werdet können. Ihr mögt es aber gestehen oder nicht, so wird doch ein jeder Verständiger, der sein gesundes Gehör noch hat, wann er slagen vor schlagen oder Slagt vor Schlacht lesen und aussprechen höret, urteilen, es laute, als wann ein Kind lallet, dem die Zung nicht recht gelöset worden! Aber ihr gute Herrn machts wie etliche alte Schulfüchs, welche (vielleicht damit sie auch gesehen sein und vor fürtreffliche Leut gehalten werden möchten) vor euch wegen etlicher Buchstaben mit ihres gleichen gestritten; etliche zwar, ob man das Y und Z allein in dem Griechischen oder auch in dem Lateinischen gebrauchen sollte; andere haben drum disputiert, ob das H (welchem Ruscellius auf ewig das Land verweisen, gleichwie andere dem guten ehrlichen teutschen K, das ihr so hoch ehret und ihm alles Guts gönnet, keinen Platz in der lateinischen Grammatic gestatten wollen) auch ein Buchstab oder nur ein Nota aspirationis sei; und hinwiederum andere gönneten dem C die Ehr vor dem X und wollten nicht glauben noch zugeben, daß man seiner bedörftig, weil man vor alters pacs vor pax, arcs vor arx und lecs vor lex geschrieben.

Nun wohlan, von Herzen geliebte Herren Landleute, ich ehre euch billig von wegen euers Eifers und des Fleißes, den ihr erzeigt, unsere teutsche Heldensprach durch euere wohlgeschliffne Hirn, gleichwie das Gold durchs Feur, von aller Unreinigkeit und fremden Ankleibungen zu säubern; aber ich bitte euch darneben, ihr wollet doch in Abschaffung etlicher Buchstaben auch nur ein wenig Achtung geben, wie schändlich es stehet, wann ihr Kaspar vor Caspar, Zizero vor Cicero, Josef vor Joseph, Jakob vor Jacob, Sofokles vor Sophocles und dergleichen ausländische Namen ganz falsch, ja sogar Kristus vor Christus schreibet! Und wofern ihr dessen nit müßig stehet, so will ich euch versichern, daß ihr nicht allein bei andern des Barbarismi bezüchtigt, sonder gar vor Haeretici gehalten und ausgeschrieen werden sollet.

Führet doch selber ohne meiner Wenigkeit geringfügiges Erinnern zu Gemüt, wieviel unterschiedliche Ketzer sich an der Person unsers Heilands so erschrecklich vergriffen, wann nämlich der eine seine allerheiligste Geburt, der ander seine wahre Menschheit, der dritte seine ungezweifelte Gottheit, der vierte und der übrige ganze Schwarm sonst etwas wider des allgemeinen christlichen Glaubens Lehr bestritten; warunter sich aber gleichwohl bishero noch keiner gefunden, der sich so kecklich unterstanden, auch seinen allerheiligsten Namen mit Verzwack- und Verwechslung einiger Buchstaben anzufechten und zu verunehren, wie ihr tut, wann ihr nämlich das C mit dem K vertauscht und das H gar hinwerft!

Philo (den ihr Filo schreiben wollet) hat in seinem Hexamero und Erklärung der zehen Gebot, es seien in dem Namen GOttes Jehova, wann er mit hebraischen Buchstaben recht geschrieben wird, drei Zahlen begriffen, nämlich 10 im Jot, sechs im Vau, und in zweien He zweimal fünf, so auch zehen macht; aus welchem er zu GOttes Ehren schleußt und die Auslegung hervor gibt, daß durch Zehen, so ein Begriff ist aller Zahlen, die genugsame Fülle aller Weisheit und Wissenschaft, durch Sechse aber die Vollkommenheit aller Ding bedeutet und angezeigt werde.

Dann da muß man wissen, daß im Hebraischen Aleph Eins, Beth Zwei, Gimel 3, Daleth 4, He 5, Vau 6, Zain 7, Chet 8, Thet 9, Jot 10, Kaph 20, Lamed 30, Mem, wann es offen, 41, wann es aber geschlossen, nur 40, Nun 50, Samech 60, Ain 70, Pe 80, Tzadi 90, Kuph 100, Risch 200, Schin 300 und Thau 400 bedeutet. Ebenmäßige Bewandtnus hat es auch bei den Griechen, dahingegen die Lateiner und wir Teutsche, so die Buchstaben ohne Zweifel von ihnen empfangen, nicht mehr als sieben Zahl-Buchstaben vermögen, wo nämlich bei Doctoren und Bauren das M 1000, das D 500, das C 100, das L 50, das X 10, V 5 und das I nur eins gilt oder ausweiset.

Wann nun dem also und es gewiß ist, daß die eigne Namen und Wörter der heiligen Schrift auf diese Weise voller Geheimnussen stecken, zumalen jeder Buchstaben seine sonderbare Bedeutung hat, wer macht euch nasweise Spätling dann so kühn, das ein oder andere zu verändern? Vermeinet ihr Herren wohl, es sei nur um der Gänse willen oder ungefähr und vor die lange Weil geschehen, daß GOtt selbst dem Abram mit Zutuung eines Buchstabens seinen Namen verlängert, als er ihn Abraam, seiner Sarai aber einen hinweg nahm und sie Sara nennet, oder als Er den Namen Jacob ganz in Israel verändert? Ihr möchtet mir vielleicht antworten und vorhalten, dies zeug Judaea nach hebraischer Phantasei der Talmudisten und Kabbalisten, müßt mir aber hingegen auch gestehen, daß Christus selbst nit umsonst dem H. Petro seinen Namen verwechslet, so dem Apostel Paulo, der ehebevor Saul hieß, gleichfalls widerfahren; daß ihr aber solches Christo tun wollet, kommt euch noch lang nicht zu, wann ihr gleich nach dem verjüngten Maßstab euerer Spitzfindigkeit wichtigere Ursachen auf die Bahn zu bringen hättet als euere neuerfundene verlachens würdige Orthographiam.

Der ehrwürdig Beda bringt etliche schöne Geheimnussen aus dem allerheiligsten Namen unsres Heilands (lib. 1 comment. Luc.), so in den Zahlen bestehen, da er spricht: Huius sacrosancti nominis Jhesu non tantum etymologia, sed & ipse, qui literis comprehenditur, numerus, perpetuae salutis nostrae mysteria redolet. Das ist: Die Etymologia dieses allerheiligsten Namens Jhesu hat nicht allein ein Geschmack und Anzeigung unsers ewigen Heils, sonder die Zahl, so darin begriffen, zeiget eben dasselbig Geheimnus auch an.

Dergleichen tut auch der H. Augustinus (tract. 10 super Joannem) in Erklärung der Wort Christi: Quadraginta & sex annis aedificatum est templum hoc; dieser Tempel ist in 46 Jahren erbaut; darüber er diese Erläuterung gibt, daß die Zahl der 46 Jahren, darin der Tempel erbaut worden, eine Andeutung gewesen sei seines leiblichen Tempels, welchen er Ihm selbst aus dem Fleisch Adams erbauet, dann gleich wie in dem Namen Adam die Zahl der griechischen Buchstaben 46 machen, nämlich Alpha eins, Delta vier, das ander Alpha wieder eins und My vierzig, also sei auch der Tempel seines Leibs in 46 Tagen im Mutterleib ganz fertig und vollkommen worden.

Auch wollen erstermeldter Augustinus (super Joannem), nach ihm Cyprianus (tractat. de Sinai & Sion) und nach diesen beiden Beda (in seinem Comentario über Joannem) aus den Buchstaben, damit dieser Name geschrieben wird, erweisen, daß die Erde, daraus Adam erschaffen, von den vier Enden der Welt hergenommen worden; dann, sagen sie, das erste A bedeute Anatolin, das ist Orientem, gegen Aufgang oder Osten; D bedeut Disin, das ist Occasum, gegen Niedergang oder West; das zweite A bedeute Arcton, id est gegen Nord oder Mitternacht; und M bedeut Mesimbriam, Meridiem, gegen Mittag oder Süd; welche Erklärung und Bedeutung dieses Namens von der Sibylla (lib. 2 oraculorum) auch vorlängst ist offenbart worden in nachfolgenden Versen, die aus dem Griechischen also in das Latein seind übersetzt worden:

Nimirum Deus is finxit Tetragrammaton Adam,
Qui primus fictus est, & qui nomine complet,
Ortúmque, occasúmque, austrum Boreámque rigentem.

Macht teutsch:

Den ersten Menschen hat GOTT erschaffen,
Und ihn mit Namen Adam genennt,
Welch vier Buchstaben uns eröffnen
Daß er gnommen sei von der Welt End.

Und ist dies Vorbringen billig zu glauben, weilen des ersten Menschen Nachkömmling sich in alle vier Winkel der Welt, solche zu bewohnen, ausgeteilt, und ein jeder an seinem Ort nach seinem Tod der Erden das ihrig wieder gibt, so daselbst von ihr in der Schöpfung genommen oder vielmehr entlehnet worden.

Uber dies alles befilcht der H. Geist selbsten in der Offenbarung Joannis am 13. Capitel, daß man die Zahl des Antichrists zählen soll, mit diesen Worten: Wer Verstand hat, der überlege die Zahl des Tiers, dann es ist eines Menschen Zahl, und seine Zahl ist 666. Wordurch dann angedeut wird, nach Meinung vieler H. Väter und Kirchenlehrer, daß der Name des Antichrists solche Zahl-Buchstaben werde in sich haben, die 666 machen.

Wann ihr Herren nun die Namen dergestalt, wie ihr angefangen, radbrechen, verstümplen, verkehren und verketzeren wollt, so entziehet ihr nicht allein GOTT selbst seine Ehr und verdunkelt dardurch wiederum die Verwunderungs-würdige Geheimnussen, welche heilige, gelehrte und sonst fromme Leut GOtt zu Lob und Preis, den Andächtigen aber zum Trost und ihres Glaubens Stärkung aus den allerheiligsten GOttes- und sonst Namen die zulässige Cabalam eröffnet, sonder ihr werdet auch verursachen, daß man ins künftig an der Namens-Zahl die abscheuliche Bestia, darvor uns die H. Schrift so treulich warnet, nit erkennen, noch die vorgesagt 666 wird finden können.

Den alten Römern ists noch etlicher maßen zu gut zu halten, daß sie unserer Vorfahren teutsche Namen beides, der einzelnen Personen und ganzer Völkerschaften, verbösert und unverständlich gemacht, um willen sie solche selbst nit verstanden; wann aber ein gelehrter Teutscher, der die Namen der Ausländer verstehet und weiß, wie sie in ihrer Art geschrieben und ausgesprochen werden sollen, dannoch Filosofus vor Philosophus setzet, so scheinets lächerlicher, als wann ein ungelehrter Teutscher, der nur blößlich lesen kann, Philosophus nach seiner Kunst Pilosopus ausspricht; und also ists mit andern fremden Wörtern und Namen auch beschaffen.

## Caput V

### Daß es wider der alten Teutschen Gewonheit: und bey ihnen nit herkommens: sonder vilmehr sehr unbequem und beschwerlich: ja gleichsamb unmüglich sey / allen frembden Dingen teutsche Namen zu geben.

Ihr Herrn Landsleute, die ihr euch vor teutsche Sprachpolierer ausgebt und alles miteinander pur teutsch haben wollet, ich muß euch noch etwas verweisen, das beinahe einer unnützen Torheit gleich siehet, und ist dieses, daß ihr alle Sachen, die von den Fremden zu uns gelangen, mit neuen teutschen, zuvor unerhörten Namen nennen wollet. Wann ihr ein Fenster darum, daß es lateinisch klingt, nit mehr Fenster, sonder einen Tagleuchter benamet, warum nennet ihr dann nicht auch die Pforten und Türen anders, deren Namen ebenmäßig von den Lateinern und Griechen herstammen? Wie sollte man aber wohl eine Tür oder Pforten auf euer nagelneu rein Teutsch taufen müssen? Soll man sie den Eingang oder den Ausgang, die Beschließung oder die Öffnung des Hauses, Hofs, Stalls oder Gartens nennen? Dann man braucht ja dieselbe Schlupflöcher und das, was sie zutut und eine vollkommene Tür macht, zu allen den Geschäften, das sonst von euerem reformierten Teutschen einen absonderlichen eignen Namen erfordert; wie wollte sich dann ein Name allein schicken? Unsere alte teutsche Vorfahren sein wahrlich keine Kinder, sonder denen, die im Anbeginn die teutsche Sprach geredet, viel näher gewesen als ihr; welche auch den Wörtern Fenster, Tür und Pforten das Burgerrecht bei ihrer Sprach freiwillig geschenkt, als sie aufhöreten, in Hütten zu wohnen, darinnen weder Fenster, Türen noch Pforten niemals gesehen worden; nachdem sie nämlich die Notwendigkeit und den Gebrauch solcher Ding bei den lateinischen Römern wahrgenommen und selbige nennen hören.

Eben dieselbige alte Teutsche haben zu ihrer Zeit viel Gewächs beides, von Bäumen, Wurzlen, Früchten und Kräutern, von den Fremden bekommen oder wenigist deren Gebrauch von ihnen erlernet, ihnen auch ihre mitgebrachte Namen, so viel ihr alt Teutsch immer zulassen mögen, nit genommen; sollten wir nun ehrerst jetzt alle solche Ding umtäufen müssen, dieweil es nach dem Latein und andern Sprachen schmackt (dann wir wissen, daß Osterlucey von Aristolochia, Spargen von Asparago, Lorbeer von Baccalauri, Boragen von Borrago, Kappes von Capitata, Buxbaum von Buxus, Calmes von Calamus, Kalch von Calx, Bibernellen von Pimpinella, Pfeffer von Piper, Camillen von Chamemelon, Zypressen von Cyparisso, Nespeln von Mespila, Balsam von Balsamum, Borzel von Portulaca, Kirschen von Cerasa, Pfersing von Persica, Pastnägel von Pastinaca und dergleichen unzahlbar viel Namen mehr von fremden Sprachen kommen)? HErr GOtt, wie würde es ein seltsames Misch Masch abgeben! Wo wollte man genugsame Gevatterleut nehmen? Wer würde sie hierzu erbitten? Auf wessen Unkosten müßte man die neue Namen in den weitläufigen Grenzen unsers großen Teutschlands ausbreiten und verkündigen? Und wer weiß, ob alsdann des einen und andern fremden Dings neu-ersonnene Namen allen Teutschen genehm sein würden oder nicht, ob ihnen allen auch die Taufpaten beliebten oder nicht?

Das Gummi Arabicum mag man wohl auf gut Teutsch Arabisch- und das Colophonium Geigenharz nennen; wie aber das Caranna, das Tacamahaca, Copal, Anime, Camphor, Galbanum, Ammoniacum und dergleichen? Assa foetida nennen wir wegen seines bösen Geruchs Teufelsdreck; was gebührt aber hingegen dem Assa dulcis vor ein teutscher neuer Name wegen seiner Lieblichkeit? Vielleicht Engelsdreck? Ei pfui, das wär ja so närrisch und gottlos geredet, als unflätig und schändlich es lautet.

Wird demnach schwer und schier ohnmüglich fallen, wann man alle fremden Gewächse und Materialien, die jetzigerzeit aus der Fremde zu uns gebracht werden und ihre eigne Namen selbst mit sich bringen, anders nennen müßte; wie eine kauderwelsche Sprach würden wir bekommen! Was würde es nur vor eine neue babylonische Verwirrung in den Apotheken darvon setzen! Ich kann auch nimmermehr glauben, daß dieselbe gute Herrn eine solche Reformation zugeben würden, weilen ihnen dran gelegen, daß die jenige Maulaffen, so ihrer War bedörftig, einen stärkern Glauben dran haben, wann sie mit arabischen und sonst fremden Namen genennet werden, wie die herrliche Zettel an ihren Büchsen, Gläsern und Schachteln ausweisen, ob sie gleich in unserm teutschen Erdboden, vielleicht zu nächst vorm Tor oder gar in der Stadt hinter der Maur gewachsen. Zwar verkauft oft der aufgeputzte Kopf den Hintern einer leichtfertigen schändlichen Vettel und ein ansehnlicher Titul ein sonst schlimmes Buch; aber hier ists ein anders und mehr als dorten daran gelegen; bis man Tutia, Aloe, Turbith, Rhabarbara, Myrrha, Alkikenga, Opium, Laudanum, Jujuba, Opopanacum, Scabiosa, Rhapontica und noch wohl 77 dergleichen Namen vergißt und teutsch darvor lernet, könnten wohl 1700 Kranke schlafen gehen und verwahrloset werden.

Nimms ab an dem einzigen Bezoar (von andern Edelgesteinen schweige ich gern, dann ich werde doch deren mein Lebtag, sowohl als teils Sprachhelden, keinen Zentner schwer zusammen bringen; was sollte ich mich dann viel um ihre teutsche Namen bekümmern): Dieser wird von den Indianern Bezar, von den Persern Bezaar, von den Arabern Pazar, von den Hebräern Belzaar, quasi dominus veneni (das ist: ein Herr übers Gift), von uns aber Bezoar genennet; wann wir ihn nun umtauften und, seinen Qualitäten gemäß, gleichwie die Hebräer einen Giftherrn auf teutsch hießen und nach ihm in eine Apothek schickten, vermeinest du nicht, der Apotheker würde dir eben so bald Teriak oder sonst ein Gift-Latwergelin senden? Wann nun durch dergleichen Irrtum ein Schad geschähe, so wäre die Schuld nicht des Apothekers, sonder dein, gleichwie jenes Bauren vom kurzen Gedächtnus, welcher seinem Weib Alde holen sollte und, als er das Wort vergessen, vom Apotheker vor zween Kreuzer gute Nacht fordert, weswegen er wieder leer heimkehren und den Hingang vor den Hergang haben mußte; GOtt geb, wer indessen seinem Weib geholfen. Einmal, ihr Herrn, der Tabak ist und bleibt Tabak, hat auch diesen seinen Namen bisher bei allen Völkern behalten, ob er gleich von den Franzosen anfänglich Nicotiana, Herbe de la Royne mère, Herbe du grand Priour und L'herbe de l'Ambassadeur, bei den Italianern aber Herba Sancta und bei teils Teutschen und Teutschinnen, die seinen Rauch nicht gedulden mögen, Teufelsgestank genannt worden; wäre ihm dieser letztere Name geblieben, so dörfte er wohl nicht so gemein worden sein, als er jetzunder ist.

Aber es ist meines Darvorhaltens viel an den Taufpaten gelegen, und sollte ich Gevatterleute gewinnen, so wollte ich wahrhaftig keine Sprachhelden, sonder nur einfältige Bauren nehmen, einem und andern fremden Ding neue teutsche Namen zu schöpfen; dann sollte man euch (da GOtt vor sei) gewähren und also fortfahren lassen, wie ihrs angefangen, geschweige gar beipflichten und zu Taufpaten hierzu erwählen, so würdet ihr in kurzer Zeit einen solchen ungeheuren, mit allerhand närrischen Räterschen verworrnen Labyrinthum aus der tapfern teutschen Helden-Sprach machen und auferbauen, daß sich niemand mehr hinein finden oder heraus wickeln, ja endlich weder der Teufel noch seine Mutter verstehen, noch einiger Oedipus, ja die Sphinx selbst nit erraten könnte, was ein Teutscher von dem andern haben wollte.

Hingegen verbleibt ein Baur fein im Gleis seiner Einfalt; er laßts bei den alten Löchern bleiben und sucht gar nicht, wie ihr zum Teil euch damit kützlet, durch Erfindung neuer Wörter großgeacht zu werden, weil er besser, als viel andere nicht tun, seine unvermögliche Gebrechlichkeit erkennet. Vor etlichen Tagen spazierte (potz! lustwandelte sollt ich auf neu teutsch gesagt haben) ich mit einem solchen in seinem Krautgarten herummer, worin ich die Angelicam schön blühen fand; ich fragte ihn, wie er dasselbe Gewächs nenne? Er antwortet: Kahillika; ich sagte: Es heißt Angelica; er aber hielt mir Widerpart und antwortet: Alle meine Nachbarn, die dieses Kraut haben, sagen ihm Kahillika; auch der hats so genennet, von dem wirs bekommen haben; sollte ich ihnen dann nicht mehr glauben als Euch, der Ihr mir allein einen andern Namen fürschwätzen wollet? – Eben also dörfts euch Sprachsäuberern auch gehen, sofern ihr zu der angeregten Gevatterschaft erkoren werden solltet. Indessen hat mich dieses Bauren Antwort zu glauben veranlaßt, daß seines gleichen hiebevor auch aus Amarena Amarellen, aus Pyra Birn, aus Petroselinum Peterlin, aus Pruna Pflaumen, aus Corion Coriander, gleichwohl aber nicht aus Victoria Siegwurz noch aus Palma Christi Fünffinger-Wurzel gemacht haben; worbei ichs dann bewenden lasse und euch freundlich bitte, ihr wollet euch ohnschwer belieben lassen, das eilfte Capitelchen in dem lustigen Tractätel von den dreien größten Erz-Narren in der ganzen Welt aufzuschlagen, um zu sehen, ob ihr dorten nit besser als hier bei der Gevatterschaft mit der Wahl angesehen und beobacht worden, den Vorzug zu haben.

## Caput VI

### Von einer dritten Gattung Sprach-Helden / so zwar in zweyerley Sorten bestehen; von welcher wegen noch niemahl kein Gebott außgangen / daß man sie bey hoher Straff keine Narren schelten soll.

Gleichwie der Münzen ohne die kupferne zweierlei pflegen zu sein, gülden und silberne, daraus aber auch wegen der Mixturen der Metallen ein dritte Gattung entstehet, also befinden sich auch vornehmlich zween Orden artlicher Leute, die mit fremden Sprachen prangen, gelehrte und ungelehrt, warzwischen sich die dritte finden, die weder Hund noch Fuchs (von Hasen sag ich nichts), weder unter die Gelehrte noch Ungelehrte zu rechnen sein; und ist unter ihnen (gleich wie unter der Schiedmünz, darunter sich sechzehnerlei lötig Silber befindet) ihrem Valor und Gehalt nach auch ein großer Unterscheid.

Die erste, welche billig dem holden Gold verglichen werden, habe ich allbereits hievorn im ersten Capitel gelobt und werde sie auch nimmermehr schelten. Gleichwie sich aber unter den guten Ducaten auch schlimme befinden, die entweder zu leicht gelötet oder wohl gar falsch sein, also sind unter den gelehrten Sprachverständigen einige, die nit allerdings so rein sein wie das venedische Glas, und denselben habe ich zum Frühstück das zweite Capitel aufgesetzt; wollte sie auch besser tractiern, wanns nur tunlich wäre, einem jeden von so unterschiedlichen Leuten auf einmal über einer Tafel, wie es seine Meriten erfordern, dienstlich aufzuwarten. Hier will ich nur erzählen und Wahrzeichen geben, wer an diesen meinen Tisch gehörig; kriege ich dann Gäst, so kriege ich verhoffentlich auch einen guten Trunk, ihnen beides, beim Imbs und Confect, tapfer einzuschenken.

Diese nun seinds, die hieher gehören, welche, damit jeder Bänne wisse, was sie vor gelehrte, erfahrne und vieler Sprachen kündige Leut seien, oder daß sie wenigist jedermann darvor halten, ehren und ansehen soll, beides, ihre Reden und Schriften, wann es gleich ganz ohnnötig, dermaßen mit fremden Wörtern anfüllen, verbrämen und ausstaffieren, daß Calepinus selbst nit genugsam wäre, den jenigen, die mit ihnen conversieren oder correspondieren müssen, vor einen Dolmetschen zu dienen. Ich bin auch so freigebig, dieselbe von meinen Tractamenten nicht auszuschließen, die ihre eigne angeborne teutsche Tauf- und Zunamen verlateinisieren oder ganz griechisch dargeben; und ob sie gleich einige deswegen anfechten und ihnen vorwerfen wollten, daß sie hierdurch ihrem Vaterland die Ehr stehlen und solche anderen Nationen anhenken, daß es so erleuchte Männer an ihnen geboren und hervor gebracht (maßen die Nachwelt aus denen verunteutschten Namen, die sie ihren Schriften vorzusetzen pflegen, sie mehr vor Griechen oder Lateiner als geborne Teutsche halten würde), so seind sie mir doch liebe Gäst. Stehets doch einem jeden frei, sich einen Hegel schelten zu lassen; warum sollten wir uns selbst dann unser Gebühr nit gönnen?

Ach wie wird es alsdann so schön und herrlich lauten und so lustig zu hören sein, wann alle Discurs und Gespräche so bunt über meiner Tafel fallen wie die edle Schecken, bayrische Katzen und Tigerhund, wann es ein solch Gehack untereinander gibt, daß es nit gleich jeder Idiot verstehen noch wissen kann, ob es in Knack- oder Leberwürst gefüllt werden soll! Aber da müssen wir keine Alles-Teutsch-Geber hinzu kommen lassen, sie möchten euch sonst nach ihrer so vielfältigen Abzwagung auch ausreiben wollen; dann ihr handelt hierinnen ihrer Meinung allerdings zuwider. Und dies sei von denen Dukaten geredet, welche zwar an ungewisser Schuld anzunehmen, gleichwohl aber wegen einiger Mängel zu tadlen und bei weitem nicht so gut als die vollkommene.

Das andere Geschlecht, so Zwickdärm oder Zwitter, seind die, an welchen man die allergrößte Kurzweil und Ergetzung haben kann, wann nämlich die Vorderste aus ihnen ausländische Wörter – sie mögen sich gleich schicken und ihre Person, ihre Reden und Schriften zieren oder nicht, sie könnens gleich besser teutsch geben oder nicht – mit den Haaren herbei ziehen, ja beinahe von unseren Antipodibus herauf holen, vermeintlich, dardurch groß zu scheinen. Will bei ihnen Spanisch, Italianisch, Französisch und dergleichen nit fort, so behelfen sie sich aufs wenigst allein des Lateinischen und stellen sich, daß man vermeint, es sei nun bald an ihnen, das Teutsche ganz zu verschwören; da wird man dann der allerartlichsten Aufzüg gewahr und kann das Lachen kaum verhalten, wann man siehet, wie alles so erz-pedantisch hinaus lauft. Neulich sagte einer aus dieser Gattung zu mir: Banus vesper, Domine Simplice! Ich bin advertiert worden, er werde morgen in des Römischen Imperii Lilien-Stadt abripiern, habe ihn derowegen depraecarieren wollen, ohnschwer gegenwärtig Missiv in das Aromatorium an der Cerere Mark zu praesentiern, die Medicamenta, die man ihm daselbst praestarieren wird, zu acceptiern und mir großgünstig zu deferriern, welches ich reciproce auf alle begebende Occasiones hinwider remeritiern werde.

Von diesen kommt die Einmischung so vieler fremden Wörter unter die teutsche Sprach, warwider unsere Sprach-

Helden so heftig schmälen; und billig, dann neue fremde Wörter bringen selten etwas Guts, sonder bedeuten je und allweg etwas Böses. Wie grausam, wie erschröcklich, wie landverderblich ist uns nur das einzige damals ganz neue, uns ungewöhnliche Wort Contribution in verwichenem 30jährigen teutschen Krieg gewesen! Das einzig Wort Marschieren brachte damals zwar bisweilen unseren Landsleuten einen unglaublichen Herzens-Trost, aber, Lieber: wieviel Millionen Gelds, wieviel tausend schöner Flecken und Dörfer und (was am allermeisten zu bejammern) wie vieler hundert tausend Christen-Menschen Leben hat es gekostet, die durch Hunger, Pest und Waffen umkommen, bis es unser Teutschland gelernet, recht verstanden und nach dem Frieden-Schluß mit Freuden völlig ins Werk setzen sehen? Nun ists so gemein worden, daß es auch die Mägd brauchen, wann sie in das Gras gehen wollen; aber ein Bauern-Knäblein legts anderst aus, dann als sein Vater gen Wald fahren wollte und zu seinem Knecht sagt: Hanns spann an, wir wollen marschieren, antwortet ihm der Knab: Vater, marschieren heißt nit Holz holen, sondern die Schelmen wollen fort.

Gleichwie nun diese lateinische Handwerks-Kerl ihre Brief hin und wieder so dick mit fremden Wörtern als wie die Köch ihre Hasen, die jetzt an Spieß gejagt werden sollen, mit Speck spicken, also tun auch die albere unwissende teutsche Michel, wann sie schon sonst nichts als Teutsch können reden und verstehen; da muß das Laus Deo bei den Apothekern, Kaufleuten und Krämern in allen Konten obenan stehen, eben als wie bei teils Gelehrten das griechisch Alpha und Omega, unten muß sichs mit göttlicher Protection, Empfehlung nächst freundlicher Salutation, mit Datum, Anno, Postscriptum, Manu propria und lateinische Nennung der Monats-Täge schließen; der jenig, an den der Brief abgeben wird, mag solches gleich verstehen oder nicht. Verstehet ers nicht, so mag ers versitzen oder sich um einen Dolmetschen umschauen; hats doch oft der jenig nicht verstanden, der es geschrieben, sonder es ist ihm genug, wann man ihms nur zutrauet, weswegen alleinig ers dann auch in seinem Brief gemalet; und dies seind die dritte.

Aber teils aus ihnen mögen Sorg tragen, daß es ihnen nit einmal gehet wie jenem bei einer alten Kaiserin, welcher, als er zwei Schüssel mit heißen Speisen auftrug, die ihn zu unleidlich an die Tatzen brennten, so daß er sie mit Ungestüme niedersetzen mußte, heraus schwur: O Cazzo! und als ihn die Kaiserin, deren Angesicht mit einer Röte entweder aus Scham oder Zorn überloffen, fragte, ob er noch mehr Italiänisch könnte, er aber die Wahrheit bekennen und mit Nein antworten, gleich diesen teutschen unangenehmen Bescheid hören mußte: So bleib uns ein andermal auch mit diesem draußen! Wie er dann auch sogleich abgeschafft worden.

Zwar geraten nicht alle in solche Gefahr, aber ihnen widerfahrt gar oft, daß der ein und ander, weil ers nit besser weiß noch verstehet, im Schreiben ein T vor ein D und hinwiederum ein D vor ein T machet, die eine Silbe wider die Art der Sprach, die er gern reden wollte, lang oder kurz ausspricht und durch mehr dergleichen Fehler seine hoffärtige Esels-Ohren an allen Orten hervor ragen läßt und damit gelehrten und verständigen Leuten genugsame Ursach gibt, wo nit laut zu sagen, doch bei sich selbst heimlich zu gedenken:

O Coridon, Coridon, quae te dementia cepit.

Hier möchte mir nun jemand entweder heimlich ins Ohr oder offentlich ins Gesicht oder hinterrucks nachsagen: Simplex, nimm dich selbst bei der Nasen! Mein Freund, du tätest mir ehrerst recht; aber wisse, daß ichs mache wie die gute Prediger, die in Bestrafung der Laster kein Blatt vors Maul nehmen, sonder nicht stillschweigen können, wann sie gleich wissen, daß sie sich selbsten oft, ja mehr als oft treffen; und wohl einem solchen, der beflissen ist, auf diese Weis sowohl sich selbsten als seine Zuhörer zu bessern.

Hieher gehöret auch die vierte Art der groben Knollfinken, die weder in die Schul, noch ihr Lebtag weiter als ein Mühlkarch kommen, sondern, wann sie etwan hier oder dort von gelehrten, gereisten und sonst sprachkündigen Leuten ein fremd Wort mit ihren Esels-Ohren erschnappt und vermeintlich in ihr unpoliertes Hirn recht gefaßt haben, solches hernach geschicklich anbringen wollen, wann sie nämlich andern weit geschicktern und verständigern Leuten, als sie nimmermehr nicht werden können, weisen wollen, daß sie keine so schlimme Tropfen sein, wie man etwan vermeinen möchte. Es kommt aber öfters und gemeiniglich allzeit so närrisch heraus, daß man sich zu Stücken lachen müßte, wann nur einsten Leber und Milz darzu beschaffen wäre; wie jener, der sagen wollte, es wäre ihm ein Fluß auf die Lung gefallen, und es also verlateinisierte: es wäre ihm ein Catalogus auf die Plumplones deciteriert. Weil aber dies Capitel seine Größe schon erlangt, will ich in das folgende noch mehr Exempel von dergleichen gEsellen setzen, weil auch anderer Geschlechter lächerlicher Sprachgecken darin gedacht wird.

## Caput VII

### Vermeldet noch unterschiedliche Geckereyen / deren / die sich durch die Sprach auff verschiedene Weiß groß und ansehenlich machen wollen.

Ehe ich zu andern Gecken schreite, solcher Narretei auf den Schauplatz zu führen, will ich zuvor noch ein paar Exempel erzählen, so mir etliche Große aus den Groben an die Hand geben. Neulich kam ein solcher Jockel, der ein Obrister unter den Bauern wie Zachäus ein Obrister unter den Zöllnern war, zu mir in meinen Blumen-Garten, der eben mit seinen Gewächsen in seiner allerbesten Zierde prangete. Er verwunderte sich, beides, über die vielfärbige Tullipanen und über die artliche Austeilung der Länder oder Beet, darin sie stunden, um willen der Tropf dergleichen noch niemals gesehen; und damit er auch seine Wissenschaften hören lassen möchte, nannte er das Beet mitten im Blumenstück, so wie ein Kreuz formiert, ein schönes Nammedelle, welches auf recht lateinisch Agnus Dei gesagt sein sollte, und das dahero, weil wir die Capsulen oder Behaltnussen der H. Reliquien also zu nennen pflegen, darum, dieweil gemeiniglich ein Lämmlein, wie man Joannae Baptistae eins zumalet, darauf entworfen; er wußte, daß wir sowohl mit dem so genannten Agnus Dei als den Tuboriner S. Valentini und spanischen Kreuzen, Joannae Corallen und sonst unterschiedlichen Ablaß-Pfenningen unsere Rosenkränz zu unterzeichnen und selbige den Kindern untereinander anzuhängen im Brauch haben, vermeinte derowegen, sie würden auch alle mit einerlei Namen genennet. Ich bot ihm einen Trunk Kräuter-Wein an, der im Magen, nüchtern getrunken, nicht ungesund sein soll; er aber antwortet, er hätte noch keinen Appetick dazu; wann aber ein guter Accafick vorhanden wäre, wollte er ihn gern atcettieren. Was er aber dem einen und andern Gewächs vor seltsame Namen geben, hab ich seither vergessen.

Eben derselbig klagte mir, er hätte gester etliche Patienten (hat Gäst heißen sollen) revidiert (heißt auf teutsch eingeladen) und mit denselben so weidlich in den Bantsch hinein schlampampt gehabt, daß ihm noch heut das Capritollium ganz mallatter darvon sei.

Warfür ists aber, wann ich gleich dieser Schnacken noch mehr erzähle? Kann man deren doch täglich genug von solchen Sprachmeistern selbst hören, wann man sich nur darmit delectiern will. Ich versichere, wann ein großer Herr einen aus ihnen bei sich hätte, der, wie sie zu sein pflegen, hoffärtig genug wäre und recht gehetzt, gebeizt und angestimmt würde, daß er keines andern kurzweiligen Tischrats mehr begehrte, ja einen solchen Stockfisch lieber hörete als Harpfen, Geigen und Lauten! Ihre Discurs seind nicht allein lustig zu hören, sonder man könnte auch daraus eigentlich sehen, welcher gestalten vor diesem aus dem Lateinischen durch die Goten und Lamparter das Italianisch und durch die teutsche Franken das Französisch umgegossen worden, welche geradbrechte Sprachen unsere jetzige Teutsche zu können wünschen und ihnen vor die größte Ehr halten, wann sie etwas darvon verstehen und daher lallen; das Spanisch hat gleichen Ursprung, wie jeder Sprachkündige erachten kann.

Noch eine Art lächerliche Sprachkünstler gibts, beides, unter Adel und Unadel, unter Gelehrten und Ungelehrten, unter Männern und Weibern, unter Jungen-Gesellen und Jungfrauen, ja gar unter groben Bauern, ihren Knechten und Mägden, deren närrischen Hoffart ich lachen muß, wann sie alle Wort einem jeden Buchstaben nach aussprechen wollen, welche gezwungene Weis mich ermahnet, als wollten sie andere ehrerst recht reden lernen, wie jener alte Krebs seinen Jungen das gravitätische Fürsich-Gehen; dann es stehet ihnen oft an wie dem Zaunstecken menschliche Kleider, und lautet, als wann man einen s.h. Kühedreck mit Ruten hauet; pflegen auch mit solcher ihrer Ubersteigung öfters anzugehen, wie neulich einer, welcher einer Jungfer mit diesen Worten eins zubrachte: Ich wollete von Herzenn gerne meiner vielgeliebetenn Jungenfrauenn dieses kaleine Galäseleinn mit Weine zubringenn. Welchem die Jungfer antwortet: Wann Ihrs Eurer jungen Frauen wollt zubringen, so dörft Ihr zu mir nicht kommen! Hätte er geredet, wie ers von seiner Mutter gelernet, so wäre er vielleicht so höhnisch nit abgewiesen worden.

Hieher gehören auch dieselbige, welche nimmermehr ein recht teutsch Wort mit einer Silben aussprechen, sondern dem E dermaßen gewogen sein, daß sie es immerzu hinten anflicken, ob es gleich so wenig als der Wagen des fünften Rads nötig; als da sie recht sagen könnten und sollten: Mann, Weib, Kind, Knecht, Magd, Herr, Narr und dergleichen, sie hingegen aus Hoffart und der Meinung, sie machen es viel besser, zu sprechen pflegen: Manne, Weibe, Kinde, Knechte, Magde, Herre, Narre &c.

Es gibt auch eine Art weise Sprach-Herren, die dörf ich hier nit ausschließen, will sie aber auch nit einführen oder eingeführt haben, sie zu verlachen, dann sie sein gelehrte Leute, welche über ein jedes Wort oder Silbe disputieren, etymologisiern, streiten, fechten und zanken können, da ein jeder recht und das Schwarze in der Scheib getroffen haben will. Von diesen sag ich: Behüt mich GOtt, daß ich mich in ihre Händel legen, geschweige sie verlachen oder ihren Meinungen (welche zwar so unterschiedlich als die vielfältige Brühen zu sein pflegen, so die Wirt und Garköch über das alt verschimmelt Gebratens wissen zu machen) widersprechen sollte! Indessen wird mich aber auch niemand verdenken, wann es meinen abgesonderten Sinn contentiert und mir um etwas kürr und sanft tut, wann ich jenen zweien Welschen zuhöre, welche der teutschen Sprach halber einander schulten, da beide von einem Regen genetzt wurden, und der eine sagte: Gotz dausig! das Reg mack mir naß! Der ander aber antwortet: Phy, schamen dir! bist du sieben teutschen Landen in der Jahr gewest un kannst der Teutsch nit guter spreck? Es heißen nit: das Reg mack mir naß; es heißen: die Rege mack my naß! Diese Histori gab einmal einer lustigen Gesellschaft Ursach, eine Kurzweil anzustellen, darüber sie sich schier zu Stücken lachte (davon ich unten im folgenden Capitel etwas zu erzählen Ursach haben werde); und, Lieber, schau! dannoch kann ich mich obigen verständigen Sprachherren zu Ehren des Lachens enthalten.

Die will ich nur verlachen, welche fremde Sprachen mehr als die, so sie von ihrer Mutter gelernet, lieben und verehren, und durch solche läppische Affection sich allerdings stellen, als wann sie ihr Herkommen verleugnen, das Teutsch verschwören und ihre Nation mit Fleiß in ein andere verändern wollten; und damit man ja sehe, daß es teilen ein gründlich Ernst sei, müssen auch ihre Kinder fremde Taufnamen tragen; kommt aber hernach artlich, wann solche an statt Viacrius Viox, an statt Quirinus Kyri, an statt Dominicus Sonntag, an statt Cyriacus Zilliox, an statt aber Ehud Einhod genannt werden, wie man dann sagt, daß ein paar Ehevolk von der reinen Religion ihren Sohn also genannt und getauft haben wollte, welchen Namen aber die Göttel nit behalten könnten, sonder ihn beim Tauf ausgesprochen wie letztgemeldt.

Was aber solche Torheit anzuzeigen und zu bedeuten pflegt, haben wir, wann wir gleich von den Römern nichts wüßten, bei dem Geschichtschreiber Josepho zu erlernen; nämlichen daß bei Regierung der letzten Asamoneer oder Macchabäern, kurz vor Herodis Ascalonitae Zeiten, der Juden Königreich, Gottesdienst und Freiheit auf Stelzen angefangen zu gehen, als beides, König und hohe Priester, Edel und Unedel, Gelehrte und Ungelehrte sich lieber Jason, Menelaus, Antipater und dergleichen auf Griechisch, als wie ihre alte Vorfahren auf Hebraisch wollten nennen lassen; und gleichwie die Katholische der Heiligen lateinische Namen mehr als die Luthrische affectionieren, also lieben die von der reinen Religion mehr als diese die alte hebraische Namen (deren sich doch die Juden selbst, wie obgemeldt, geschämet) und suchen sie wieder vor ihre Kinder hervor, gleichsam als wann wir nicht an uralten schönen teutschen Namen, die viel heilige Leut getragen, einen großen Uberfluß hätten. Allbereit ists so weit kommen, daß einer, der nur ein kleines Ebenbild eines guten Judicii hat, aus des einen und andern Namen beiläufig erraten kann, wie sein Vater beschaffen gewesen.

Ich habe einsmals im Winter-Quartier neben meinem Losament einen calvinischen Nachbarn gehabt, dessen drei Söhne von ungefähr 8 bis in 12 Jahren alt, nach der Ordnung ihres Alters Abraham, Isaac und Jacob geheißen; wann nun die Knaben, wie die Jugend zu tun pflegt, auf der Gasse herum strollte und die Mutter ihrer manglete, stund sie unter die Tür und schrie aus vollem Hals: Abraham, Isaac, Jacob! Das ermahnete mich allzeit, als wann eine Judin den GOtt ihrer Väter angerufen, und wann ich nit gewüßt, daß sie eine Christin gewesen wäre, so hätte ich glauben müssen, daß sie mehr von der Beschneidung (zwar wider aller Weiber Art) als von dem Tauf gehalten. Es hat auch eben damals, als wir das Winter-Quartier anfänglich bezogen, ein Soldat, nachdem er diese Namen vom Weib oft rufen hören, den Hauswirt vor einen Juden gehalten und ihm etwas zu verschachern gebracht; er wäre aber übel angangen und eben so übel abgefertigt worden, dafern wir damals nit Meister am selbigen Ort gewesen wären.

## CAPUT VIII

### Continuation voriger Materi / sampt Erzehlung der lächerlichen Kurtzweil / welche zween Welsche anzustellen veranlaßt.

Weiters gibts eine Gattung einfacher Schützen, die zu verlachen, wann sie vermeinen, ihr Kolb sei der schönste; ich wollte sagen, Leute, die zwar nur ihrer Mutter Sprach können, sich aber einbilden, sie sei die schönste und beste unter allen Sprachen des ganzen Teutschlands. Da foppt man die Schweizer mit ihrem Kilcha gho und Garind rühra, weil es tonet, als wann sie es noch mitten im Hals auf Hebräisch gebären müßten; die Schwaben mit ihrem Aun, aun, la mi gaun; die Wetterauer mit ihrem Naut im Schank und andere mit etwas anders; ja es ist bei nahe kein Dorf, geschweige eine Stadt, so mit der andern gleiche Aussprach hat und deswegen nicht von seinen nächsten Nachbarn, geschweige von weiters Entsessenen gefoppt und ausgehöhnet werde; da heißt je ein Has den andern Langohr, und die, so andere vexieren, bringen eben solche War zu Markt wie jene, so sich leiden müssen. Dies Sprachgerben währet dann bisweilen so lang, bis man einander hinter das Leder kommt und die Fell zerreißt; maßen ich selbst darbei zu sein und zu sehen die Ehr gehabt, daß etlich aus diesen Wort-Krieg blutige Köpf getragen.

Vornehmlich schelten die Östreicher die Hochteutsche, welche zu ihnen hinunter kommen, samtlich und ohne

Unterscheid Schwaben, weil sie vermeinen, sie allein reden unter allen das beste Teutsch, und nicht wissen, was ihre Sprach vor Mängel und Krankheiten hat. Ich mußte mich einsmals ebenmäßig von meinem Wirt darunten deshalber gewaltig leiden; er zog mir ein jedes Wort aus dem Maul durch die Hechel, an ihm selbst aber konnte man ohnschwer merken, wie er sich zwang, alles orthographice auszusprechen, wann er mit mir oder einem andern Hochteutschen redete. Ich schlief neben seiner Schlaf-Kammer, da man vermittelst einer dünnen Wand alles, was in der einen geredet würde, in der andern hören könnte; einsmals kam sein Weib zu ihm mit einem Rausch beladen, dann sie war bei einer Kindsschenke oder Hochzeit gewesen; die bewillkommte er mit diesen Worten: Pfoich Taiffel Wey! d'stinckst holt wia Niltsbolg, vermaan d'hobst ins Heemat gschissn. Sie antwortet: Ha! may Ma, ich hob holt a tlans Pfaistrl wolln lassn aussa straichn, da is ma d'Treeck mittananda ausse gepfitzt, ihns Heembt und auff d'Stögen. – Ich mußt lachen, daß die Bettladen zittert, und wie mein Wirt und Wirtin vernommen, daß ichs gehöret und verstanden, wie sauber sein rein österreichisch Teutsch gegen meinem Schwäbischen sei, ließ er mich nicht allein fürderhin zufrieden, sondern ich kriegte auch hinfort so magere Suppen, daß ich mein Kosthaus verändern mußte.

So sind auch die nit zu loben, sondern vielmehr zu schelten und zu verlachen, welche ein Ding mit weitläuftigen Umständen vorbringen, so sie auf spartanisch gar wohl kurz und gut geben könnten; wie jener Stadtschreiber, der auch ein sonderbar neu Teutsch, welches gar zier- und höflich sein sollte, aufbringen wollen; vielleicht wann es aufkäm, daß es mehr Schreibtax ertragen und ihm also besser als eine laconische Art in die Kuche tragen möchte. Aber wer ihm zuhörete, wann ihm beim halben Rausch die Tauben recht stiegen, der hatte sich krumm oder bucklicht lachen mögen.

Seinem Jungen gab er einsmals diesen Befelch: Höre, mein lieber getreuer Weniger als ich, bequeme dich vermög deiner gehorsamen Schuldigkeit mit den dienstbaren Gliedern deines Leibs zu der Person deines einzigen lieben Gebieters und entledige dieselbe von denen zur Züchtigung verfertigten Tribulierern seines Pferds; ebenmäßig auch von dem zwar beschwerlichen, doch rittermäßigen Zierat, wardurch die Säulen, worauf der Palast des irdischen Gebäus seiner Seelen Wohnung ruhet, vor Regen und Wind, vor Kält und Hitz, vor Unreinigkeit, Schnee und allem Ungewitter beschirmt werden. – Alle diese Umständ waren keines andern Inhalts als: Jung, zeuch mir Sporen und Stiefel ab.

Seiner Magd befahl er folgends: Du Ebenbild derjenigen Gleichförmigkeit, die uns wahren Menschen aus der linken Seiten, beides, zum Spaß und zur dienstlichen Hülfe, im Anbeginn zum besten erschaffen worden, diese trübselige Zeitlichkeit mit ihren Beschwerden desto leidenlicher zu überstehen: ergreife den jenigen Sack, der aus dem Flachs Jovis (ist zu teutsch Zinn) durch die Verarbeite der jovial- und saturnischen Metallen gesponnen, geweben und ausgenähet, auch mit meinen ansehenlichen wohlhergebrachten Wappen signiert worden; mit demselben begebe dich in diesem Augenblick in das allerunterste Gewölbe meines Hauses; da wirst du finden ein großbauch-mäßiges hölzern Geschirr, mit vieler Rundigkeit umgeben; daraus gewinne mir soviel vom edlen Saft der nimmer genugsam belobten Reben, daß dessen genugsam sei, darmit zugleich die Brotstraß auszuflözen, meine lechzende Kehl zu erquicken, meine traurige Gedanken zu vertreiben und die edle Hirngeister zu belustigen.

Zu seinem Weib, der Frau Stadtschreiberin, sagte er, als er bald schlafen gehen wollte: Du meines Leibs untergebener Schleppsack, lasse dir belieben, dich alsobalden in das mittlere Teil unserer häuslichen Wohnung zu verfügen und daselbst in solcher Gestalt, als wie dich die Natur zu solchem Dienste anfänglich hervor gebracht, in die Lindigkeit des Wassergeflügels zu begeben, um allda vor Ankunft meiner selbst eignen Person die eingeschlichne Art des mitternächtigen Lufts zu mildern und meinem Gefühl angenehm zu machen, damit alsdann beides, das Zitterschlagen und unlustige Geklöpper meiner Mühlstein, sich anzumelden kein Ursach habe; doch schaue zu, daß bei diesem deinem aufgetragenen und dienstschuldigem Geschäfte der warme Westwind, den du vom Niedergang her wehen zu lassen pflegest, nicht gebraucht werde, damit, wann ich komme, mit dir die jenige Sachen abzuhandlen, um welcher willen wir ein Paar genannt werden, meines Hirns Distillierschnabel, dardurch sich die Wohnung meines Verstands reinigt, nit gleich anfangs schimpflich betrübt und also der ganze angenehme Lusthandel verderbt werde.

Nicht weniger kommts lächerlich heraus, wann einer entweder aus Ubereilung, aus Unachtsamkeit, Zorn, Forcht oder auch wohl gar mit Fleiß eine Sach, wie obengedachter Welsche sein gut Teutsch, das hinterst zum vördersten vorbringt.

Dieses verursachte nächstverwichnen Mai eine lustige Gartengesellschaft, als welche auch auf die Aderlässe nur Fröhlichkeit wegen beisammen war, ein Gebot zu machen, daß jeder Anwesende etwas auf solche Weis vorbringen mußte.

Der Erst sagte: Also befahl neulich eine Bäurin ihrer Magd: Hör Kettu, wir haben viel Richten zu vermorgen, darum mußt du better aus dem Frühe, wird aber noch

Hahn genug sein, wann die Zeiten das zweite Mal krähen. Alsdann heb das Bett aus dem Hintern, teige den Knet und mach Bachofen ins Feur. Ich schaudere am Empfinden, daß ich den Hals am Rotlauf hab, liege derowegen; ich werde schwitzen früh sorgen bleiben müssen, bis ich ein wenig ausgemorgt habe; wanns aber aufstehen kann, so will ich müglich sein; wo nit, so melke die Hühner, greife den Säuen und geb den Kühen die Tränk, und mach, daß die Hirten beizeiten vor das Vieh getrieben werden. Ich will dir vor deinen Mark künftigen Fleißtag einen Kram haarschnüren.

Der Ander brachte eines Weibs Klag über ihren Mann folgender Gestalt vor: Ists nicht ein Tag und ein Nacht? Mein schön Wirtshaus sitzt Schand und Spott im Mann und läßt mich daheim mit den armen kleinen Hungern bittere schwarze Kinder leiden! Dann ich samt den armen Häusern haben kein Kind im Brot, kein Holz im Salzfaß, keine Kuchel im Salz und keiner Haselnuß groß Wassersuppen, daß ich nur ein kahles Schmalz voll Schüssel vor uns kochen könnte. Er hat allbereit in drei Hellern keine Woch mehr versetzt, sonder ein paar Juden einem Leilachen verdienet; jetzt sitzt er im Geld und versauft das Wirtshaus. Es wäre kein Haus, wann ich auch so wunderte! Ich arme Nacht sitz manche halbe Kunkel bei der Tröpfin und schlage, bis die liebe Zwölf Glocken spinnet, welchen Weinschlauch der heillose Gewinn nachgehends allein durch seine Jag gürgelt; aber koch, ich wills ihm anders harren. Ich will meine Nachbarin scheren, wie es mein Peltz auch macht, und hernach die Zehr verwollen. Wann ichs nur meinem Leid zur Seelen tun wollte, so wüßte ich brav Geld, das mir einen wackern Kerl zu verdienen gäbe, meinen Hahnrei zum Mann zu machen; aber ich will mich noch ein wenig bessern, bis er sich etwan pacientiert.

Der Dritt sagte: Also pflegt mich mein Mutter aufzuwecken und zur Schulen zu weisen: Du heillos Faulbett, wann wirst du dann nun einmal aus dem Siebenschläfer? Hast du nit geschlagen, daß die Glock schon Achte gehöret hat? Ach wann dir der Hintern mit einem guten handvölligen Schulmeister über die Rute käm, ich wollte ihm noch ein Neu Jahr mehr als sonsten zum Dreibätzner verehren. Geschwind, mach dich aus den Kleidern und zeuch das Bett an, lese die Händ und wäsche den Morgensegen, esse ein paar Suppen voll Leffel und alsdann schul dich in den Pack und fleiß lernig, oder dein Farnschwanz wird dir den Vater mit dem Buckel abraumen müssen.

Der Vierte erzählet, wie seine Nachbarin vor Jahren den Schneider bestellt: Ein guten Hans, Meister Abend, mein Arbeit läßt euch hauswirten, Ihr wollet uns morgen daheim bitten; ich hätt Euch unser Haus gern in Euer Arbeit geben, so hab ich aber vor mein Kind und Männer soviel Fürfüß zu strümpfen, daß ich solche Verrichtung daheim Flickereien lassen muß; so sollet Ihr auch meinem ältisten Rock ein ganz neues Kleidlin und meiner Tochter ein kleines Kind machen. Uberdas hätte mein Mutz gern ein neuen Mann, soll Euch derowegen fragen, wieviel ihr Stepflöcher zu der Knöpfseiden braucht. Will im übrigen eigentlich kommen, ihr werdet morgen hoffen.

Der Fünfte ließ lauten, er wäre von seiner Mutter ebenmäßig wie der obengemeldte Dritte instruiert worden; sie hätte ihn einsmals hinter die Nase gewiesen, die Tür zu schneuzen; und als er in seiner kindlichen Jugend wegen des verknüpften Nestels die Hosen um soviel völler gefüllt heimgebracht, als er den Bauch notdrüngenlich ausleeren müssen, hätte sie ihm nach vollendter Säuberung diesen Rat mit einer Ruten eingebläuet, daß er, ehe er wiederum s.h. in den Nestel scheiße, ehender die Hosen zerschneiden sollte; welches er auch nachgehends nach ihren Worten getan, aber übler empfangen worden sei, da er den Balsam mit heimgebracht.

Noch viel unterschiedliche dergleichen Schnacken wurden damals von unserer lustigen Gesellschaft vorgebracht, deren wir so genug lachten, daß wir die Bäuch mit beiden Händen heben und endlich aufhören mußten, etwas weiters zu erzählen, wollten wir anders nit krank übrigen Lachens werden; welche torechte Freud uns wohl nit ankommen wäre, wann wir von gottseligen Dingen oder wenigst von ernsthaften und nutzlichen Sachen discuriert hätten, vornehmlich, weil wir wenig daran gedachten, daß man von einem jeden unnützen Wort Rechenschaft geben muß.

Aber besser mißredet als mißtan; hab ich mir doch von einem hochgelehrten tiefsinnigen Mann erzählen lassen, daß selbiger bei einer Mahlzeit, da er ein Stuck Fleisch aus der Schüssel auf den Teller nehmen und zugleich auf den Boden speien wollen, das Fleisch wider die Erde geschmissen und hingegen auf den Teller gespieen.

Caput IX

## Von denen so sich unwissend eigne Sprichwörter angewehnen / und was sich deßwegen offt für lächerliche Schick zutragen.

Es seind ihrer viel, die nehmen unvermerkt sonderbare Wörter und Sprüch an sich, welche sie ihnen dermaßen angewöhnen und in ihrem Maul so läufig machen, daß sie selbige endlich in allen ihren Reden vorbringen, sie mögen gleich dahin taugen und sich schicken oder nicht; daraus entstehen dann oft so artliche Begebenheiten, daß man darüber lachen muß, man wolle oder woll nicht.

Diese Angewehnung ist eigentlich zwar kein Mangel, sondern vielmehr ein Uberfluß zu nennen; sie stehet einem nicht wohl an; sie kommt doch nicht vom Unverstand, sondern von der Unachtsamkeit her und wurzelt endlich durch die Gewohnheit so steif ein, daß ein solch Wort oder Spruch weniger vergessen und sich abgewehnet werden kann, als den Kindern das Lullen, Simonidi Atheniensi das Lautreden, Pompejo sich mit einem Finger zu kratzen und Catoni Uticensi mit beiden Backen zu fressen.

Lutherus redet (Tom. 7 Jenensi fol. 446) in der Vermahnung zum Türcken von etlichen Städten, die er Dreckstädtlein (mit Gunst) nennet; eine aus diesen hatt zu des großen Königs Gustavi Adolphi aus Schweden Zeiten einen Stadtschreiber, welcher in seinen Reden immerhin zu sagen pflegte: Nit viel besonders. Als nun höchstgedachter König mit seinem sieghaften Kriegs-Heer sich derselben nähert und persönlich darinnen übernachten wollte, zog ihm der ganze Magistrat mit samt den Predigern und Schülern hinaus entgegen, ihm die Schlüssel der Stadt zu präsentieren und damit sich und die Stadt selbsten mit ihren Einwohnern in seinen Schutz zu begeben, bei welchem Actu dann der obbemeldte Stadtschreiber das Wort tun mußte und also anfing: Allerdurchleuchtigster, großmächtigster und unüberwindlichster König, nicht viel besonders! Meine Herrn der Stadt B., nit viel besonders, haben mit herzlicher Erfreuung vernommen die herrliche und vielfältige Sieg, nicht viel besonders, welche der allmächtig GOtt Ihrer Königl. Majest., nicht viel besonders, zu unserer und unsers Vaterlands Freiheit und Erlösung, nit viel besonders, aus Gnaden väterlich verliehen; weswegen sie denn auch dem Höchsten schuldigen Dank sagen, nicht viel besonders, und denselben flehentlich anrufen, daß er Euer Königl. Majest. glückliche Waffen, nit viel besonders, mit noch ferneren Sieg, Glück, Heil und aller selbst allergnädigsten desiderierenden Prosperität, nit viel besonders, gnädiglich segnen wolle. Es tun auch erstgemeldte meine Herrn, nit viel besonders, sich, ihre Stadt, deren Einwohner, ihr Weib und Kinder, Hab und Güter, nit viel besonders, in Euer Königl. Majest. großmächtigen Schutz und Schirm, nit viel besonders, demütig &c. Hier fiel ihm der König in die Red und sagte: Es ist schon gut, gehe nur hin zu deinen Herrn und sag ihnen, du seiest nicht viel besonders.

Der Autor des Wunderbarlichen Vogelnests hat (pag. 72) eine Histori von einem Bauern, der ebenmäßig ein dergleichen Sprichwort an sich gehabt, der aber hingegen seinen Rentmeister damit beschlagen, gleichwie dieser König obgemeldten Stadtschreiber abgefertigt; und weil sie sich hieher schickt, will ich sie auch von Wort zu Wort hieher setzen.

Mein Nachbar Velte, der unnachbarlich Narr (sagt der Baur zum Rentmeister), wie es dann auch wahr ist, hat mich geziehen, ich hab ihm seinen Holzschlegel gestohlen, wie es dann auch wahr ist, und hat mich und meine Frau einen Schelmen und einen Dieb, eine Hur und eine Hex gescholten, wie es dann auch wahr ist; so hab ich wollen gar gnädiglich fragen, wie ich mich gegen ihm verhalten soll. Bitt derohalben, der gestrenge Herr Rentmeister als meine liebe Obrigkeit, wie es dann auch wahr ist, wolle mir ein Rat miteilen. Der Rentmeister antwortet: Wann es wahr ist, wie du sagst, so gib ich dir den Rat, daß du ihn nicht verklagest! – Mein gestrenger und gnädiger Herr Rentmeister, (antwortet der Laur, Baur wollt ich sagen), Ihr verstehet den Handel noch nicht recht, wie es dann auch wahr ist. Wann Euch einer einen Schelmen und einen Dieb hieße, wie es dann auch wahr ist, und hieße Euer Weib ein Hur und eine Hex, wie es dann auch wahr ist, und ziehe Euch, Ihr hättet gestohlen, wie es dann auch wahr ist: wolltet Ihrs von ihm leiden? – Mein Baur, das wär ein anders, sagte der Rentmeister und hieß ihn damit fortziehen und samt seinem Gegenteil vor künftigem Amt-Tag erscheinen.

Das gehet nun noch alls wohl hin und ist auch bisweilen lustig zu hören, hingegen dies erschröcklich und entsetzlich, wann ein leichtfertiger Mensch sich angewöhnet, all Augenblick zu sagen, der Teufel soll ihn holen oder der Donner oder Hagel soll ihn erschlagen; wann einer sich angewöhnet, nichtiger oder liederlicher Ding wegen, die oft keiner Laus wert seind, das Ebenbild GOttes, sein edle Seel, seinen allerhöchsten Schatz, den ihm GOtt geben und dieselbige der ewigen Seligkeit, gleich seinen heiligen Engeln, zu besitzen fähig gemacht, sie auch hierzu mit dem allerkostbarlichsten Wert so teuer erkauft, dem bösen Geist, GOttes und seinem eignen allerärgsten Feind hinzugeben und zu verpfänden; wann einer sich angewöhnet hat, jedes Ding, es mag gleich gewiß oder ungewiß sein, es mag wahr oder erlogen sein, ohn allen Vorbedacht mit seinem Eid bekräftigt, durch das angewöhnte Wort – bei GOtt – zu bestätigen oder auch wohl gar wissentlich seinem Nächsten ein Aug zu verkleiben.

Auf solche Weis ging jener Schwab trefflich artlich an, da er nämlich etwas Unwahrhaftigs mit einem Trunk beteuern wollte und (maßen solches noch viel zu tun pflegen), als er trinken wollte, GOtt darüber anrufte mit diesem Wunsch: Wann es nit waur ischt, so gea GOtt, daß dieser Wain a Gifft und Popperment in mir weard. Da er aber den bittern Geschmack (dann es war Wermut-Wein) empfand und dannenhero sich nichts anders einbildet, er wurde nun auf dem letzten Loch pfeifen müssen, aus gählingen Schröcken aufschrie: Aun, nu sey GOtt meiner armen Seylen gneydig! Aun, main arm Weib un Kinn! Aun, ihr Haira, hairet um GOttes willa, es isch wearle els nit waur, was ih gseit haun! – Und so sollte es billig allen gehen wie diesem Schwaben, welche auch wie er eine Gewohnheit haben, ob sie sich vielleicht besserten.

## Caput X

### Was gehey ich mich drumb?

Ich komme aber wiederum auf unsere Sprach-Helden, als mit welchen ich vor diesmal mehrenteils zu tun. Die zwar, so die rechte teutsche Sprach bei ihrer Reinigkeit zu erhalten ihnen angelegen sein lassen, seind billig mit allen andern rechtschaffenen Teutschen, so vor die Ehr ihres Vaterlandes eiferen, mit höchstem Lob zu bekrönen; was aber aus ihnen so ungereimte Quackelei vorbringt, indem sie entweder das alt Teutsch mit Verwechslung der Buchstaben reformieren, nagelneue, von ihnen selbst erfundene oder die alte verlegene, vor 1000 Jahren abgangene Wörter mit Gewalt wieder einführen, teils Buchstaben gar des Teutschlands verweisen (allwo sie doch durch Verjährung so langer Zeit einen unstreitbaren Sitz erlangt), wenn sie nämlich Kwal für Qual, Fader für Vater, Mieder für Mutter uff stolz Straßburgisch und dergleichen schreiben wollen, wannenhero an statt zierlicher Wörter eitel Mißgeburten erscheinen müssen oder es wenigst das Ansehen hat, als wollte sich das tapfer Teutsch wie die Narren in der Fasnacht verkleiden: dieselbe nasweise Stümpler mögen obenangeregte lobwürdige Teutsche zu den klugen Chinesern verweisen, die in ihrer ganzen Sprach das R nicht brauchen; will ihnen auch ganz nit verwehren, wann sie ihnen auch die jenige Großdünker mit auf den Weg geben, die ein Handwerk daraus machen, der vollkommenen teutschen Sprach allerhand fremde Wörter beizuflicken und durch solche unnötige Ankleibung dieselbige mehr verstellen als zieren, ja ihr gleichsam die Schand antun, als wann sie in und vor sich selbst unvollkommen und so mangelhaftig sei, daß sie fremde Wörter nit entbehren könnte, sonder das ein und andere von den Ausländischen entlehnen oder wohl gar erbettlen müßte; da doch die Tropfen selbst ihre eigne Muttersprach nit völlig gelernet, noch recht verstehen.

Das Wort Gehei ist bei uns Teutschen so verhasset, daß sichs ein ehrlicher Mann schämt auszusprechen, und wann es jemand ungefähr im Zorn oder sonst entwischt, so wirds einem vor eine schändliche Red gerechnet; dahero es etliche verzwicken, wann sie es jemand also nachsagen: Was geschneids mich? Ist aber gefehlet, weil dieses schöne Wort jetziger Zeit unter vielen tausend Teutschen kein einiger mehr recht verstehet. Neulich wurde einer von einem Priester vor der Obrigkeit verklagt, er hätte ihn hinterrucks geschmähet, indem er gesagt: Was gehei ich mich um den Pfaffen? Beklagter verantwortet sich hingegen folgender Gestalt:

Daß ich diese Wort geredet hab, kann und will ich nicht leugnen; daß ich aber seine Ehrwürde damit beschimpft, kann ich nimmermehr gestehen, dann das uralte Wort Ei, welches beides, Griechen und Lateiner, Hei schreiben und aussprechen, est interjectio ingemiscentis, gleichsam ein seufzendes Ach! Wann ich mich nun nichts um den Priester oder seine Wohlfahrt gräme, bekümmere, geheie oder seinetwegen ächze, so kanns ihm weder zum Schimpf noch zum Spott oder zur Schand gereichen; und zwar, wer will mich zwingen, mir seinetwegen viel graue Haar wachsen zu lassen? Er ist weder mein Vetter noch Pfarrherr oder Seelsorger, befinde mich auch auf andere Weg, ihm nit verbunden zu sein, mich seinetwegen zu Tod zu bekümmern &c. – Der Priester hingegen brachte vor, es sei landkündig, daß dies garstige Wort niemalen gebraucht werde, es geschehe dann, jemand damit zu verschimpfen; dahero scheuten sich ehrliche Leut, solches nur ins Maul zu nehmen; über das, wann ihn Beklagter nicht schmähen wollen, warum er ihn dann so verächtlich einen Pfaffen genennet? – Darauf antwortet Beklagter: Das Wort Geheien sei nit garstig, auch nicht so unhöflich, daß sich von dessentwegen ein Biedermann schämen müsse, solches zu gebrauchen; sonder gleich wie aus dem Grund der Sprach erscheine, daß Geeien oder Geheien wider ehrlichen Wohlstand und die Höflichkeit nit laufe und nichts anders heiße, als sich mit Ächzen und Grämen herzlich bekümmeren oder inniglich betrüben (als wann man sagt: Was geheits mich? heißts: Was kränkts mich? – Was gehei ich mich um ihn? heißts: Was hab ich mich um ihn zu quälen? und so fortan), also wolle er hingegen gern gestehen, daß die Meinung und der Sinn der Wort, sie würden nun gleich was gehei oder was bekümmere ich mich um ihn ausgesprochen, wider die Art der wahren christlichen Liebe laufe, wessentwegen dann auch vielleicht die alte andächtige fromme teutsche Christen solches Wort als unchristlich, aber nicht als unhöflich verworfen und solches zu hassen angefangen haben möchten; aber betreffend das Wort Pfaff, damit hätte er Herrn Klägern eben so wenig zu schelten als mit vorigem zu schänden gemeint, sintemal dasselbige der Geistlichen uralter Ehren-Nam gewest und aus dem Wort Papa, das ist Vater, herentsprungen sei. Zog auch damit zu solchem Beweistum einen alten pergamentinen Brief hervor, also anfahend: Kund sei männiglich mit diesem Briefe, daß hüt zwischen der ehrwürdigen Pfaffheit zu N. und der ehrbaren Gemeind zu N. nachfolgende Rachtung getroffen worden

&c., mit Bitt, der Richter wolle seiner beiwohnenden Weisheit nach erkennen, daß Kläger durch diese Wort von ihm, Beklagten, weder geschimpfet noch gescholten worden, wie es dann auch in Wahrheit so bös nit gemeinet gewesen sei.

Hierauf fiel der Bescheid, wann Beklagter bei seinem Gewissen, Treuen und Glauben behalten könnte, daß die vermeintlich schänd- und ehrenrührige Wort von ihm nicht der Meinung, Klägern verächtlich zu beschimpfen, sondern nach Art und in keinem andern Verstand, als wie ihr erläutertes Altertum mit sich bringt, ausgesprochen worden, würde er zwar von der Anklag ledig erkannt, gleichwohl aber darvor gehalten, daß er in Betracht- oder Beobachtung des Gebots der christlichen Liebe, welches will, daß wir über unsers Nächsten wie über unser eigen Ungefäll trauren und Mitleiden tragen sollen, zu wenig getan.

Dies ist denen gesagt, welche, weil sie ihre Muttersprach vielleicht nit vollkommen verstehen oder reden können, sich fremder Wörter behelfen; ob sie nun deswegen auch mit andern in China zu verweisen, stehet dahin. Aber die jenige, welche aus Hoffart und damit sie gesehen sein möchten, einen Haufen unteutsche Wörter einzumischen pflegen, welche weder sie selbsten noch andere, die mit ihnen sprachen, verstehen, geschweige recht reden können, wollen wir den Sprachkündigen und Gelehrten (als deren Affen sie ohnedas seind) zu Gefallen im Land lassen, nicht allein selbst ihre Kurzweil an ihnen zu haben, wann sie so werkliche Wörter vorbringen, sonder auch sich in ihren Reden zu spieglen und wahrzunehmen, wie närrisch es stehe, wann ein Teutscher mit Fleiß und ohn alle Not fremd redet, da er die Sach in seiner eignen Muttersprach viel verständlicher und zierlicher vorbringen könnte.

## Caput XI

# Wo das beste Teutsch zu finden.

Ich habe etwan einen groben Esel einen andern seines gleichen auf die Kürbe laden hören oder eine schandliche Arbeit (welche gleichwohl kein Herrn-Gebot ist) mit unflätigen Worten tun heißen, daran er henkte: Dies ist gut Teutsch! Ich kann aber solche garstige Zoten nicht loben, wann sie gleich noch so fein teutsch, so viel die Aussprach anlanget, klingen und herausfließen, als wann einem der Hals mit Speck geschmiert wäre; begehre auch hier nichts darvon zu melden, sondern nur zu sagen, wo und durch welche das beste und zierlichste Teutsch geredet werde.

Den Ruhm dieser Ehr hat von langen Zeiten her zwar die Stadt Mainz gehabt, welches ich ihr als meiner lieben Landsmännin von Herzen gern gönnen möchte; aber ich sorge, daß solcher jetziger Zeit nicht ihr, sondern vor ihr und allen anderen Städten und Provinzen in ganz Teutschland der Stadt Speyer und ihrem nächsten Bezirk gebühre, dann da wird man einen guten Strich bis überhalb Durlach und Baden hinauf auch bei manchen Bauern besser Teutsch finden als in vielen vornehmen Städten, welches meines Davorhaltens das Kaiserl. alldorten befindliche Kammer-Gericht, die Fürstl. Bad.-Durlach. und Baden-Bad., wie auch die Bischofl.-Speyerisch. Hofhaltungen in der Nachbarschaft, und dann so viel Gelehrte, geistlich und weltliche, die sich immer in selbiger Stadt aufhalten, verursachen; dann dies ist gewiß: wer mehr liest und schreibt, als er mit Leuten, die nicht recht teutsch reden, mündlich conversiert, der lernet unvermerkt eins und anders also aussprechen, wie ers zu lesen und zu schreiben pflegt; wann dann zween oder mehr zierlich redende Literati von andern gehöret werden, die gleichwohl ungelehrt oder wohl gar nur Weiber oder Kinder sein, so öhmen sie jenen alsobalden entweder ohngefähr oder auch wohl mit Fleiß ihre Sprach nach; dahero es dann kommt, daß Speyer und seine Benachbarte wegen der vielen Gelehrten beständigen Beiwohnung je länger je besser Teutsch machen.

Auf der kleinen Seiten zu Prag wird so gut teutsch geredet als irgendswo in ganz Teutschland; das macht, daß die Teutschredende keine baurische Nachbarn auf den umliegenden Dörfern haben, die ihnen ihre Sprach verderben; dahingegen die Frankfurter von den Wetterauern, die Straßburger von den Kochersbergern, die Tübinger von den Schwaben, die Regensburger von den Bayern, die Marburger von den Hessen, die Leipziger von den Meißnern und also auch andere von ihren grobteutschredenden Nachbarn viel Unzierden an sich nehmen müssen, ob gleich ihrer viel ziemlich gelehrte Leut, ja gar Academien voller jungen Studenten haben, die sich alle eines zierlichen Teutschen befleißen; sintemal das Volk mehr mit denen Bauern als mit den Gelehrten zu handlen hat. Unter allen teutschen namhaften Städten aber bedunkt mich keine läppischer teutsch reden als das sonst majestätische Köln, deren Sprach sonst niemand besser anstehet als dem Weibervolk; doch nur denen, die sonst auch schön sein.

An den Schweizern scheinet, als ob sie ihre Wörter wie die welsche Hahnen hinten im Rachen oder oben im Gaumen formierten; die Schwaben, möcht einen bedunken, brauchen die Nase auch zu ihrer Aussprach; die Franken nehmen das Maul gar zu voll, wann sie reden; die Bayern und Östreicher ziehen etliche Wörter länger als der Schuster das Leder, und etliche stutzen sie so kurz ab wie die Franzosen die Schwänz an ihren Pferden; die Niederländer, und was gut alt sächsisch teutsch oder westfalisch redet, verfertigen ihre Wörter gleichsam vornen im Mund zwischen den Lefzen und vordern Zähnen; die Meißner und ihre Nachbarn brauchen zuviel überflüssige Wörter und Buchstaben; und wann man aus jeder Art dieser Sprachen einen nähme und sie zusammen sperrete, so würden sie mit der Zeit entweder ein recht mittelmäßig Teutsch zusammen bringen oder allesammen dem jenigen nachöhmen, der eintweder die leichteste Aussprach hat, oder dem, der am allermehristen papplet.

Von einzelen Personen aber reden am besten Teutsch erstlich, wie gemeldt, die Gelehrte, so viel lesen und schreiben; zweitens die Kaufleute und andere, die viel reisen, warunter auch die Soldaten zu rechnen; das allerbeste aber, beides, in Reden und Schreiben, wird hin und wieder in den fürstlichen Kanzleien gefunden, allwo man einen weit andern und ansehenlichern Stylum findet als bei etlichen Sprachhelden, die zwar darvor gehalten werden wollen, ob wüßten sie allein die teutsche Sprach zu reformiern und sie von aller Unsauberkeit, gleichwie der Drescher den Weizen, zu läutern, da sie doch ihre eigne Sitten nit corrigiern; diese vermeine ich, welche das Teutsch von allen fremden Wörtern gereiniget und geläutert wissen wollen, ihre Leiber und Gemüter aber nichts desto weniger mit französischen Kleidungen, Parücken und kleinen winzigen Knöbelbärtchern (wann sie nichts mehrers vermögen) gleich den natürlichen Franzosen verstellen, zieren und tragen, ja, wanns nur sein könnte, wohl was anders mehr auf französisch tun und dardurch, soviel an ihnen ist, das allergottsbeste Teutsch (welches da ist ohne alle Gefährden, Falschheit, Untreu und Argelist, fein redlich, aufrichtig, treu- und offenherzig, unerschrocken, ernst-, mann- und standhaft, gerecht &c., und was vor dergleichen teutscher Eigenschaften mehr sich finden, sein und leben) verderben helfen möchten und dörften. Jener Weise sagt recht und wohl: Gegenwärtiger Zeit Wörter soll man sich gebrauchen und der Alten Sitten nachfolgen.

Ist diesemnach der jenige der allerbeste Teutsche, welcher der alten Teutschen Tugenden übet und liebet, wann er gleich nit besser oder zierlicher redet als ein kropfiger Pingauer; und bei einem solchen ist auch das beste Teutsch zu finden.

## Caput XII

### Der Teutschen Sprach sonderbare Art und Aigenschafft / sambt Anregung deren Reichthumb von vielen überflüssigen Wörtern.

Der fleißige teutsche Scribent Zeilerus meldet in seinem Neuverkürzten Teutschen Reisbuch (1662 zu Ulm gedruckt, cap. 1 pag. 3), daß in der teutschen Sprach mehr dann 2170 teutsche Wörter von einer Silben sollen gefunden werden; aber was wollt diese Zahl sein, wann man erwägt, daß der teutschen Sprach eigne Art ist, beinahe alle ihre Grund- oder Stamm-Wörter (so sonsten bei keiner andern Sprach in der Welt befindlich) nur mit einer Silbe darzugeben? Und ich würde leicht zu überreden sein, daß ich glaubte, alle Wörter der ganzen teutschen Sprach wären anfänglich nur in einer Silb bestanden, wann ich vornehmlich erwäge, daß noch die mehriste namhafte und gebräuchlichste Ding, so die Teutsche vor Alters gehabt, mit einer Silb genannt werden. Wir wollen nur auf einen Baurnhof gehen, dann finden wir gleich Haus, Hof, Gart, Scheur, Stall, Pferd, Kuh, Kalb, Ochs, Schwein, Hahn, Henn, Gans, Ent, Pflug, Wagn, Karch, Gras, Heu, Öhmt, Holz, Stroh, Mist, Baum, Laub, Blatt, Schaf, Lamm, Hund, Katz, Maus, Mensch, Mann, Weib, Kind, Knecht, Magd, Bub, Berg, Tal, Matt, Feld, Tisch, Stuhl, Bank, Herd, Tür, Korn, Frucht, Weiz, Spelz, Lins, Erbs, Bohn, Sam, Kraut, Rub, Blum, Ros, Gilg und dergleichen. Und wer wird mich immermehr anders überreden können, daß nicht noch mehr einsilbige Wörter gewesen, welche etliche Sprachverderber (deren man noch heutigs Tags viel findet, wie ich hievorn im 7. Capitel vom E ein Exempel vorgebracht) zweisilbig gemacht haben? Maßen es gewiß ist und sich täglich hören läßt, daß wir Teutsche mit dem E mehr verschwenderisch als freigebig umgehen, das ist, daß wirs mehr brauchen, wo es nit vonnöten, als an den Stellen, wo wirs notwendig haben müssen.

Dann wir pflegen bitter, betten, Mangel und so fortan zu schreiben, allwo in jedem Wort das hinterst E ein Uberfluß, maßen ein jeder Judenbub, der nur lesen und schreiben kann, diese und dergleichen Wörter in ihrem End hart aussprechen und vor bitter bitterr, vor betten bettenn, vor Mangel Mangell sagen würde, so aber nicht geschähe, wann wir bittr, bettn, Mangl &c. zu schreiben noch gewohnt wären, wie zum Teil bei etlichen Bayern, Oberpfälzern, Österreichern, Salzburgern, Kärntnern, Steirn und Tirolern beides, im Schreiben und in der Aussprach, üblich. Und gleichwie hier im End deren Wörter das E zuviel, also ist es auch im Anfang etlicher anderer ein Uberfluß, so daß wir gar wohl und mit guten Gewissen gleich erstgedachten gegen Aufgang wohnenden Teutschen (die wahrhaftig ihre Sprach nicht unter das verderbte Teutsch gerechnet wollen haben) viel dreisilbige Wörter wiederummen einsilbig machen konnten, wann wir nämlich zum Exempel vor gewesen, getragen, beschimpfet, betrogen &c. gwesn, gtragn, bschimpft, btrogn und so fortan schreibn wolltn.

Wanns nun die teutsche Sprach adelt und ihr zu sonderbarem Ruhm gereicht, zumalen ihr Altertum und daß Aschenatz vor Erbauung des babylonischen Turns in Teutschland kommen, daraus erwiesen wird (wie gedachter redliche Teutsche Zeiler an bemeldtem Ort erinnert), sofern sich viel einsilbige Wörter in derselben befinden, so wollte ich unsern Sprachhelden, die so ernstlich für ihr Vaterland eifern und dasselbe bei der Reinigkeit seiner in ihr selbst bestehenden Sprach zu erhalten sich angelegen sein lassen, getreulich geraten haben, sie wollten Fleiß anlegen, sich mehr solcher einsilbigen Wörter als ihrer neuerfundenen Fratzen zu gebrauchen; dann werden sie nit nur 2 oder 3000 derselbigen zusammen bringen, sonder gar nahe mehr als noch so viel; wird auch besser teutsch klingen, wann sie Fenstr vor Tagleuchter schreiben &c. Ja, es werden ihnen gleich alle Baurn nachöhmen, sonderlich die Breisgauer, die vorlängst gewohnt sein, mit 3 Silben zu sagen: Welchs wengr haun? dahingegen die hoffärtige Sprachhelden mit 7 Silben sprechen: Welches wollet ihr haben? Und alsdann werden die gute Haushälter mit dem Papier auch besser hinauslangen mögen!

Da werden wir dann mit dem Reichtum und Adel unserer Heldensprach prangen, wann wir den Ausländern weisen, daß wir aus dem einzigen E, dem allergebräuchlichsten aus den fünf Stimm-Buchstaben (die doch so schwer zu entbehren) soviel 100 hinwegzuwerfen haben! Wird der teutschen Sprach auch besser anstehen, als wann man deren eben soviel, so hinten als vorn, wie an einem Bettlers-Mantel ohnnötig anflickt, maßen einige Scribenten zu tun pflegen, die sich keine geringe Kerl zu sein bedunken.

Ich bin zwar von keiner so hohen Einbildung, daß ich mich unterstehen dörfte, unsere Sprach zu reformiern, sondern war nur des Sinns, solche zu loben und zu erinnern, daß sie ihren Landskindern, wann sie gleich keiner ausländischen kündig, genugsam sei, in ihr zu lernen und zu begreifen, so viel immermehr einem Menschen zu wissen vonnöten; doch werde ich nicht unterlassen, sonder erkühnen, nächstkünftig mein Galgen-Männlein (das ist ein curioses kurzes, so genanntes Tractätlein) mit diesem wieder neu-zugerichteten simplicianischen Stylo ausmontiert in die Welt zu schicken, welches im Vorbeigehen neben andern seinen Nutzbarkeiten auch lehren und erinnern wird, auf was Weis man mit den guten ehrlichen E gesparsamer umgehen und die einsilbige Wörter in unserer teutschen Sprach wiederum vermehren möge. Gefällts den Meißnern und ihren Nachbarn nicht als ein Landsmann, so werdens doch die Östreicher und ihre Anstößer nicht verstoßen; ich wollte sagen: bekommt es gleich seine Tadler, so wirds doch auch Lober und Beistander und, wer weiß, vielleicht auch Nachfolger finden; dann viel Köpf, viel Sinn; jedem gefällt seine Kappe. Der erzteutsche Rist bezeugt, daß sich einer die lateinische Sprach zu reden geschämt aus Forcht, er möchte vor keinen rechtschaffnen Potzmarterer und Blutvergießer, sondern nur vor einen Schulfuchs gehalten werden, dahingegen andere Gerngroße viel lieber Latein reden wollten, wann sie es nur könnten; muß man derowegen einen jeden mit seinem Kolben seines Wegs gehen lassen.

Sonsten scheinets, als wann die teutsche Sprach auch viel überflüssiger Wörter hätte, die einerlei bedeuten (welche von den Griechen und Lateinern Synonyma genannt werden), von denen man als ohnnötig ihrer viel entraten könnte, als: Roß, Gaul, Pferd; Frau, Weib; Knab, Bub, Jung, Jüngling; Butter, Schmalz, Anken; holdselig, freundlich, lieblich und dergleichen, so nur ein Ding bedeutet; aber unter diesen und mehr solchen Wörtern sein drum keine Auswürfling, sonder sie seind alle lauter Zeugen, zu beweisen, wie vollkommen reich und nett das Teutsch in und an sich selbst sei, eins und anders fein ausdrücklich zu unterscheiden, so daß man auch ganz keiner fremden Wörter bedürftig, wann man diese und andere nur recht gebraucht. Roß, Pferd und

Gaul bedeutet zwar nur ein, gleichwie Frau und Weib ein anders Tier, aber wann man sagt Gaul, so bedeuts, daß ein Pferd groß, wann man sagt Roß, daß es arbeitsam, und wann man Pferd sagt, daß es schön und zierlich sei; gleichwie Frau eigentlich eine Herrscherin, Weib aber nur eine Vermählte bedeutet, also gebührt Knab eigenlich einem wohlgezogenen Vornehmen, Bub einem schlechten Ungeratenen, Jung einem Dienenden und Jüngling einem beinah erwachsenen Sohn oder jungen Mannsbild; Butter wird der rohe genannt, wie er ausgeplumbt wird, der gesottene aber Anken, und Schmalz heißt ein jedes Fett, damit man die Speisen schmälzet; so kann auch eine Schönheit wohl holdselig und liebreizend sein, ob sie gleich nit freundlich, und eine sonst nicht Schöne sich freundlich erzeigen und durch eine angenommene Lieblichkeit sich liebwürdig und holdselig machen. Aber genug hiervon; dies Capitel möcht mir sonst zu lang werden.

## Caput XIII

### Daß es nicht jederzeit rathsamb sey / sich mit seinen frembden Sprachen an den Laden zu legen / auch von den allerärgsten Teutschverderbern.

Ich weiß in unserer Nachbarschaft eine Stadt, darinnen Burgermeister und Rat über eine wichtige Sach sich beratschlagten; der Stadtschreiber (welche Leut dann ziemlich kirr zu werden pflegen, wann sie gleich keine Stimme haben) fing an, etlichen gelehrten Ratsverwandten seine Meinung ohnbefragt auf Lateinisch zu vernehmen zu geben; aber der Burgermeister, ob er ihn gleich als ein Literatus wohl verstund, sagt ihm, er sollt das Maul halten oder teutsch reden. Als sich nun der Stadtschreiber beschimpft zu sein vermeinte und sich gegen dem Burgermeister abermal in Latein dieses Inhalts entschuldigen wollte, er hoffte, nicht unrecht getan zu haben, weil er und die vornehmste Ratsherren ihn ja so wohl verstanden, als wann er teutsch geredet, antwortet ihm jener: Du mußt wissen, daß alles, was hier abgehandelt wird, auf teutsch geredet, verstanden, beratschlagt, geschlossen und auch auf teutsch bis zu seiner Zeit verschwiegen gehalten werden muß. Es ist nit um mich, dich und andere sprachkündige Ratsfreund allein, sonder um die jenige zu tun, die kein Latein verstehen und dannenhero nicht zu verdenken sein würden, wann sie argwohnen möchten, wir gebrauchten dasselbe wie die Juden ihr Hebraisch, welche selbige Sprachen gemeiniglich zu reden anfangen, wann sie einen Christen, der sie nit verstehen kann, in der Handlung zu betrügen beschlossen. Damit nun diese ehrliche Ratsfreund, die das Latein nit gelernet, keine Gedanken machen könnten, du und andere seien solche Mausköpf wie die Juden, so bleib ein andermal mit deinem Latein vom Rathaus, es sei dann, daß du wollest, ich soll auch deiner Person gar die Ratstuben-Tür versperren.

Diesen scharpfen Verweis hat gedachter Stadtschreiber durch Lateinisch-Reden, ein Stabhalter aber ohnweit von dannen einen trefflichen Vortel durch Latein-Verschweigen zuwegen gebracht. Derselbe war, will nicht sagen von Sitten, sondern von Gestalt, Kleidung, Bart, Haar, Gebärden und in Summa nach aller übrigen Beschaffenheit des Leibs also anzusehen, daß einer, der ihn zuvor nit gekannt und ihn unter einem Haufen grober Bauern suchen und heraus lesen sollen, wohl ein paar Pfund Lichter verbrennen hätt müssen, ehe er ihn gefunden; dann er war wegen tödlichen Abgangs seiner wohlhäbigen Eltern, die ihn studieren lassen, aus der Schulen zu seines Vaters Pflug geraten und dannenhero einem jeden Bauern so ähnlich, dargegen aber auch zum Stabhalter worden, welches die höchste Würde ist, darzu ein gemeiner Mann in seinem Heimat gelangen kann. Als er nun kraft seines tragenden Amts in verstrichenem langwürigen teutschen Krieg zu dem Gubernator und Kriegs-Commissario einer nahe gelegenen Guarnison geschickt wurde, wegen seines Stabs Untergehörigen der monatlichen Contribution halber auf ein leidenlichs zu tractieren, wurde er anfänglich, wie zu geschehen pflegt, rauch angefahren und ihm mehr gefordert, als er zu geben getraut. In Summa, er wurde, wie seine Kleider dargaben, wie ein Baur bewillkommt; er stund da wie ein Stockfisch, und als der Obriste und Commissarius allerlei Anschläg in Latein machten, durch was vor Vörtel, Bedrohungen, Executionen und andere militarische Mittel die neu assignierte Contribuenten zum Bohren zu bringen, stellt er sich schlechter und einfältiger als Davus, wußte aber indessen seine Schanz so wohl in acht zu nehmen, sein Spiel so klüglich zu karten und allen Anläufen so artlich und sinnreich zu pariern, ja sich und seines Amts Angehörige dermaßen auszuhalftern, daß er endlich unter dem Schein einer puren Einfalt die Summ der Gelder nach Wunsch auf ein leidenlichs brachte, welches ihm wohl nimmermehr so leichtlich gelungen wäre, wann er sich vor ein weisen sprachkündigen Mann dargestellt hätte.

Als er nachgehends das erste Monat-Geld dem Commissario lieferte und der Obriste indessen erfahren, was er vor einen gelehrten Baurn vor sich gehabt, ließ er ihn zu sich holen und an seine Tafel setzen (welches nit bald einem jeden widerfuhr); da er ihm dann so viel Ehr antät, als sonst einem gelehrten Mann von ihm zu widerfahren pflegte; er gestund ihm auch unverhohlen, daß ihn nie keiner so meisterlich betrogen als eben er!

Darum soll man nicht allweg ohne Not so geschwind mit den erlernten Sprachen heraus wischen wie ein Gaukler mit seinen Bechern aus der Taschen, um groß und verständig zu scheinen; die Alte haben nicht umsonst gesagt: Tue nicht alles, was du kannst! Red nicht alles, was du weißt! &c., geschweige, daß Schweigen eben so oft nutzlich als Reden gefährlich ist.

Uberdas haben wir von unsern Voreltern ein Sprichwort, so noch heutigs Tags wiederholet wird, wann sich bei einer aufrichtigen, teutschgesinnten und verträulichen Gesellschaft die Sprach verändert; nämlich pflegt man alsdann zu sagen: Ein jeder hab Sorg zu seinem Beutel! Woraus genugsam abzumerken, daß die Alt-Teutsche darvor gehalten haben möchten, der jenige hätte nichts Guts, vielleicht gar ein Diebsstück im Sinn, der in Gegenwart seiner ehrlichen teutschen Landsleut eine fremde, ihnen unverständliche Sprach auf die Bahn brächte! Hier möchte zwar ein Ausländer oder auch wohl gar ein aufgeblasener sprachkündiger Landsmann sagen und fragen: Warum seid ihr forchtsame Hasen so mißtrauig? Wer nit traut, dem ist nit zu trauen! – Darauf gib ich die Antwort: das Mißtrauen sei ganz wider die Art der aufrichtigen redlichen Teutschen; und wann sie nit besser trauten als die Ausländer, so würden sie nicht so oft von ihnen betrogen worden sein; zudem weiß ein jeder nur mehr als zu wohl, daß die Bettler, Landsknecht, Strolchen, Zigeuner und andere Mausköpfe sich keiner andern Ursachen halber deren von ihnen selbst ersonnenen so genannten rotwelschen Sprachen gebrauchen, als andere ehrliche Leut, die solche nicht verstehen, zu betriegen, zu hintergehen, zu übervorteln und gar zu bestehlen; und, Lieber, warum sollten sie dir besser trauen als jenen, indem sie dich so wenig als selbige verstehen, dir auch so wenig als jenen ins Herz sehen können?

Doch gehen oft solche Dockmäuser gewaltig an, wann man ihnen die Hand im Sack erwischt, wie jene zween Landsknecht, die im Wirtshaus ein Halbs tranken, da einer zum andern sagt: Dort stehet ein Bleisack (Kandel) und Paar Trittling (Schuch), ich wills bracken (stehlen); – dem aber die Magd antwortet: Ihr Lenninger (Soldaten), laßts Bracken sein, oder der Schächer (Wirt) soll euch grandige Kuffen stecken (das ist: schwere Schläg geben).

Endlich halte ich diese für die allerärgste und schädlichste Teutschverderber, deren Sinn, Sitten, Gebärden und Kleidungen ganz ausländisch sein, ob sie wohl kein einzig fremd Wort reden oder verstehen können, an welchen sonst nichts

Teutsches mehr übrig ist als blößlich ihre Muttersprach; diesen allen wünsche ich, daß es ihnen gehe wie jenem teutschen Franzosen, welchen einige natürliche Franzosen auf ihre Sprach mit tiefen Complimenten grüßten, weil aber weder er noch sein Kleid nit antworten konnte, leiden mußte, daß sein Rock ihm auf dem Buckel als ein grober unhöflicher Landsmann von den grüßenden französischen Röcken ziemlich hart ausgestäubt würde. Ist ein schlimm Omen, wann ein Nation den Ausländern nachöhmet! Ja, es ist ein Schand, wann ein sonst von Art hartes, ernsthaftig und gravitätisch Volk allerlei läppische Uppigkeiten annimmt und mitten in dem Vaterland seiner mannlichen Vorfahren so zärtlich wie die Weiber zu leben anfängt. So bald Scipio die asiatische niedliche Wollustbarkeiten nach Rom gepflanzt, geriet die Herrlichkeit und Majestät der großen Weltbeherrscherin ins Abnehmen, bis sie endlich zum Raub vieler Völker wurde. Wie übel dem Hannibal sein fettes Quartier zu Capua bekommen, hat er mit Schmerzen beklagt; aber wann man ein Volk mit Waffen nit zwingen noch im Zaum halten kann, so muß man Saitenspiel gebrauchen. Darum lobe ich die Russen oder Moscowiter, daß sie ihr Inheimische zu Haus behalten und sich nach Müglichkeit befleißen, keine solche schädliche Neuerungen bei ihnen einschleichen zu lassen, ob wir sie im übrigen gleich vor grobe Barbaren halten möchten.

Ja, möchte mancher sagen, soll man drum keine Sprachen lernen, sonder ein unwissender gEsell bleiben, wie du vielleicht einer bist? Nein, mein Freund, behüt GOtt, das rat ich nicht; die fremde Sprachen schaden an sich selbst nichts, sonder die angenommene mit eingeschlichene Sitten. Als einsmals ein Schmied mit neuen Äxten durch einen Wald zu Markt ging, erschraken alle Bäum und avisierten ihren König, was vor eine große Meng ihrer Feind und Verderber vorhanden wäre. Der König fragte, ob auch jemand aus ihnen bei den Feinden sich befände, das ist: ob die Äxt auch Helm hätten. Und als ihm darauf mit Nein geantwortet wurde, sagte er: So hats noch lang keine Not mit uns! – Wie werden aber wir bestehen, wann uns ein Volk bekriegen und unser Freiheit unter sich zwingen wollte, dessen Sprache wir schon reden, dessen Lebens-Art uns wohlgefällt, dessen Kleidung wir bereits tragen, dessen Tun und Wandel wir lieben und ihm in allem nachäffen? Ich schließe aber hiemit kurz und sage noch einmal: Gegenwärtiger Zeit Wörter mag man sich wohl gebrauchen, man soll aber der Alten Sitten, vornehmlich aber ihrer Standhaftigkeit und Tugend nachfolgen. Und dies ist das hierin gesuchte Ziel und

ENDE.

# Anhang

# Nachwort

*«Deß weltberuffenen Simplicissimi Pralerey und Gepräng mit seinem Teutschen Michel»: dieser in barocker Umständlichkeit formulierte Titel der humoristisch-gelehrten Abhandlung eines Herrn Meßmahl mag dem heutigen Leser nicht ohne weiteres verständlich sein, selbst wenn er sich der Lektüre von Grimmelshausens Schelmenroman «Der abentheuerliche Simplicissimus Teutsch» mit Vergnügen erinnert. Dort erzählt der Held Simplicius Simplicissimus rückblickend seine in der Tat abenteuerliche Lebensgeschichte, die Geschichte eines einfachen, tölpelhaften Bauernjungen, der in den Wirren des Dreißigjährigen Krieges unter die «Musquetierer» gerät, im Verlauf seines Soldaten- und Vagabundenlebens viele militärische und erotische, auch manche phantastische Aventiuren zu bestehen hat und das Treiben dieser Welt gründlich kennenlernt; angesichts der Unbeständigkeit weltlichen Glücks gelangt er zu der Einsicht, daß «dieser Wahn betreugt» (so der Wahlspruch Grimmelshausens), und beschließt, Einsiedler zu werden. Das Buch, 1668 zuerst erschienen, wurde zu einem ungewöhnlichen Verkaufserfolg; mehrere Nachdrucke waren in den folgenden Jahren nötig, um die Nachfrage zu decken. Berühmt wurde indessen nicht der Name seines Autors (Christoffel von Grimmelshausen hatte sich anagrammatisch maskiert als «German Schleifheim von Sulsfort» und «Samuel Greifnson vom Hirschfelt»), sondern der seines Helden: die Lebensbeschreibung des Simplicissimus wurde Vorbild vieler Nachahmungen, begründete eine eigene Tradition von «Simpliciaden». Grimmelshausen selbst knüpfte mit einer Reihe simplicianischer Schriften an seinen erfolgreichen Roman an; neben erzählerischen Werken (am bekanntesten die «Lebensbeschreibung der Ertzbetrügerin und Landstörtzerin Courasche») finden sich in dieser Reihe auch einige «Tractätel», in denen der Autor seinen Helden Simplicius zu aktuellen Fragen der Zeit*

*Stellung nehmen läßt; der «Teutsche Michel» ist die interessanteste dieser Abhandlungen.*

*Grimmelshausen, der sich diesmal als «Signeur Meßmahl» ausgibt, mutet in dem 1673 erschienenen Buch (vgl. das Chronogramm der Titelseite) seinem Helden eine recht schwierige Rolle zu. Mit klugen Argumenten soll er sich an einer gelehrten Disputation beteiligen: an der zu jener Zeit intensiv und kontrovers geführten Diskussion über die «teutsche Heldensprache», ihren Ursprung, ihre Bedeutung, ihren verderbten Zustand und über die gebotenen Maßnahmen zu ihrer Reinigung. Dem Simplicius, der hier durch seine große Belesenheit und seine umfassende Bildung beeindruckt, merkt man von seiner bäuerlichen Herkunft, seinem ehemaligen abenteuerlichen Leben als Musquetierer und Vagabund kaum mehr etwas an; nach wie vor jedoch sitzt ihm der Schalk im Nacken: im Kreise ernsthafter Gelehrter erscheint er im Gewande des Narren (vgl. Titelkupfer). So hat dieser Sprachtraktat Grimmelshausens, bei aller Gelehrsamkeit, die er demonstriert, bei aller Ernsthaftigkeit seines um die Reinhaltung von Sprache und Sitten besorgten Autors, doch einen humoristischen Grundcharakter. Grimmelshausen setzt eine Vielzahl satirischer Akzente; seine Fabulierfreude durchbricht immer wieder den Duktus gelehrter Argumentation und führt dem Leser anhand vieler Exempla und Anekdoten eine Fülle bunter, zuweilen recht deftiger Miniaturen aus dem Leben der Menschen zur Zeit des Barock vor Augen. Auch wenn Signeur Meßmahl es ausdrücklich erlaubt: es dürfte schwer fallen, dieses hertzhaffte Tractätel wider die Verächter und Verderber der redlichen, unerschrocknen teutschen Heldensprach «ohn Lachen» zu lesen.*

*Doch auch der durchaus ernste Hintergrund dieser Schrift will bedacht sein. Der Spruch auf dem Titelkupfer lautet: «Wie deß Mahlers Farbgemeng, so ist unser Sprachgepräng.» Als ein buntes Sprachgemeng läßt sich der Zustand der deutschen Sprache im 17. Jahrhundert treffend beschreiben. Von einer deutschen Gemeinsprache konnte noch kaum die Rede sein: es gab im deutschen Sprachraum nur eine Vielfalt unterschiedlicher Dialekte. Mundartgrenzen und fehlende Rechtschreibnormen erschwerten die*

*Verständigung; noch immer bedienten sich gebildete Kreise des universellen, nicht nur die Dialekt-, sondern auch die europäischen Sprachgrenzen überschreitenden Latein. Bereits im Mittelalter war die traditionelle Vorherrschaft des Latein in Frage gestellt worden, als im Zuge der Auseinandersetzungen zwischen Kaisertum und Rom das Deutsche zur Sprache der fürstlichen Kanzleien erhoben wurde; die eigentlich bedeutsamen Schritte auf dem Weg zu einer deutschen Gemeinsprache waren dann die Erfindung des Buchdrucks und Luthers Bibelübersetzung. In deutscher Sprache gedruckt wurden Flugschriften, Kalender, Traktate und, seit Beginn des 17. Jahrhunderts, die ersten Zeitungen. Der Anteil der in Latein gedruckten Bücher an der Gesamtproduktion ging jedoch nur langsam zurück – erst kurz vor Ende des Jahrhunderts erschienen mehr deutsche als lateinische Bücher. Die zunehmende Verbreitung deutsch gedruckter Publikationen löste eine Diskussion über die Normierung der deutschen Sprache aus.*

*Diese Entwicklung hin zu einem einheitlichen Deutsch war ständig schädigenden Einflüssen von außen ausgesetzt. Nicht nur die Vermischung mit Elementen des Latein stellte ein Problem dar; italienische, spanische, vor allem aber französische Bildungseinflüsse brachten es mit sich, daß das eben erst sich formierende Deutsche von einer Fülle von Fremdwörtern überschwemmt wurde, deren ausgiebiger Gebrauch vielen Deutschen als ein Zeichen höherer Bildung galt. Solche «Muttersprachverächter» und «Alamode-Sprachmischer» werden in Grimmelshausens Schrift trefflich karikiert. Die Überfremdung hatte während des Dreißigjährigen Krieges dadurch zugenommen, daß aus Söldnern unterschiedlichster Nationalität zusammengewürfelte Heere kreuz und quer durch Deutschland zogen: die Verwüstung ganzer Landstriche war das eine Ergebnis, die Verheerung der deutschen Sprache ein anderes. Das Sprachgemeng erreichte die entlegensten Bauernhöfe; die Anekdote von dem Bauernjungen, der das Wort «marschieren» seinen eigenen Erfahrungen entsprechend auslegt (Kap. 6), ist eine eindrückliche Illustration.*

*Den traurigen Zustand der deutschen Sprache bezeugt eine Reihe von Klagliedern, die in dieser Zeit an verschiedenen Orten gedruckt wurden;*

*die Verfasser blieben unbekannt. So erschien 1638 in Innsbruck ein Lied mit dem Titel: «Der teutsche Michel. Das ist: Ein neues Klaglied und allamodisch ABC wider alle Sprachverderber.» Es beginnt mit den Strophen:*

*Ich teutscher Michel / Versteh schier nichel*
*In meinem Vatterland / Es ist ein Schand.*
*Man thuet jetz reden / Als wie die Schweden*
*In meinem Vatterland / Es ist ein Schand.*

*Ein jeder Schneyder / Will jetzund leyder*
*Der Sprach erfahren sein / Und red Latein,*
*Welsch und Frantzösisch / Halb Japonesisch,*
*Wann er ist voll und doll / Der grobe Knoll.*

*Auf eines dieser vom «teutschen Michel» angestimmten Klaglieder bezieht sich auch der oberrheinische Moralist Johann Michael Moscherosch in seiner Zeitsatire «Wunderliche und warhafftige Gesichte Philanders von Sittewalt» (1640), wenn er hier dem alten teutschen Helden Ariovist den Satz in den Mund legt: «Ich meyne, der ehrliche teutsche Michel hab euch Sprachverderbern, wälschen Cortisanen, Concipisten, Cancellisten, die ihr die alte Muttersprach mit allerley frembden, lateinischen, wälschen, spannischen und frantzösischen Wörtern so vielfaltig vermischet, verkehret und zerstöret, so das sie ihr selbst nicht mehr gleich siehet und kaum halb kan erkant werden, die teutsche Warheit gesagt!» Grimmelshausens Traktat ist dem Buch Moscheroschs deutlich verpflichtet; in seinem Titel nimmt es die Tradition der Klaglieder des «teutschen Michel» auf.*

*Die Figur des «teutschen Michel» begegnet zuerst im 16. Jahrhundert als Personifikation des ungebildeten, sträflich naiven Deutschen. Die Bezeichnung werde gebraucht, so heißt es 1541 in den «Sprichwörtern» Sebastian Francks, «um einen groben Dölpel und Fantasten anzuzeigen». Eine Bedeutungsveränderung macht sich bemerkbar in den erwähnten Klageliedern: hier begegnet der gegen die Zerstörung seiner Sprache protestierende «teutsche Michel» mit einem zuvor ungekannten Selbstbewußtsein, naiv zwar, aber jetzt eher im Sinne von «unverbildet» als von «ungebildet» oder «dumm». Die Natürlichkeit des «Mannes aus dem Volke» wird dem Verfall von Sprache und Sitten in den vom Bildungsdünkel erfaßten Kreisen kritisch gegenübergestellt; der verächtliche Beiklang der Bezeichnung verschwindet. So schreibt etwa Moscherosch: «Heuchelst du nicht mit, sondern wirst als ein redlicher teutscher Michel frei durchgehen und aus gutem Hertzen alles meynen, reden und thun wollen...» Als Held von Grimmelshausens Schelmenroman trägt Simplicius selbst die Züge eines solchen «teutschen Michel», wie ja schon der Titel «Simplicissimus Teutsch» es andeutet. Auch wird über ihn eine Bemerkung gemacht, in der die Formulierung Moscheroschs nachklingt: «Ich halte ihn vor einen Narrn, weil er jedem die Wahrheit so ungescheut sagt; hingegen seind seine Diskursen so beschaffen, daß solche keinem Narrn zustehen.» In dieser positiven Bedeutung erscheint die Bezeichnung dann auch im Titel von Grimmelshausens simplicianischem Traktat: hier ist der «teutsche Michel» die Personifikation des einfachen, aufrichtigen Deutschen, der seine Muttersprache und die Sitten seiner Väter in Ehren hält. Simplicius kann es sich jetzt bereits erlauben, mit den Vorzügen des «teutschen Michel» zu prangen und zu prahlen, seine Sprache als «allergottsbestes Teutsch» zu preisen (vgl. Kap. 11).*

*In der skizzierten Bedeutungsveränderung dokumentiert sich eine während des Dreißigjährigen Krieges in Deutschland einsetzende nationale Strömung, die auch bei Grimmelshausen spürbar wird. Die Konfrontation der vermeintlichen Qualitäten eines ursprünglichen Deutschtums mit welscher Dekadenz wird den heutigen Leser chauvinistisch anmuten; solche Deutschmeierei («Teutschmeyr» heißt einer der sagenhaften germanischen Helden bei Moscherosch) erscheint vor dem Hintergrund der jüngeren Geschichte, in der das Verdikt «Undeutsch» schließlich oft einem Todesurteil gleichkam, als kaum akzeptabel. Das Phänomen muß indessen historisch begriffen werden: aus der militärischen Verwüstung, politischen Zersplitterung und kulturellen Überfremdung. Die Beschwörung des Mythos von den alten teutschen Helden erfolgt nicht aus einer Verachtung* des Fremden, sondern aus der Angst um den Verlust des Eigenen. Auf die Ursprünge der deutschen Nation, Kultur und Sprache wird verwiesen angesichts eines drohenden Endes. Insofern die «Alamode-Welscherei» wesentlich von den Höfen her sich ausbreitete, ist das Loblied auf die guten Eigenschaften des einfachen teutschen Michel (der eben kein «grober Knollfink» ist), auch als ein «politisch Lied» zu lesen: es enthält eine unausgesprochene antifeudale Tendenz.

Grimmelshausens stolze Hervorkehrung der «auffrichtigen, unerschrocknen, standhafften, an und für sich bestehenden teutschen Heldensprach» ist ein Ausdruck dieser erwachenden Besinnung der Deutschen auf sich selbst und auf den Eigenwert ihrer bis dahin nicht eben hochgeschätzten Sprache. Als wichtige Aufgabe begriffen wurde jetzt deren konsequente Förderung und Reinigung; Grimmelshausens 1673 gedrucktem Traktat war bereits eine größere Anzahl ähnlicher Sprachreinigungsschriften vorausgegangen. Um eine Pflege des Deutschen bemühten sich auch die verschiedenen Sprachgesellschaften, in denen sich in der ersten Hälfte des 17. Jahrhunderts Gelehrte, Dichter und Adelige zusammenfanden; die bedeutendste dieser Vereinigungen, die 1617 in Weimar gegründete «Hochwohllöbliche Fruchtbringende Gesellschaft» wird von Grimmelshausen (der selbst nie einem dieser Zirkel angehörte) im 4. Kapitel seiner Abhandlung erwähnt. Zu ihren Mitgliedern zählten neben den Sprachgelehrten Schottel und Gueintz viele Dichter: Gryphius, Moscherosch, Opitz, Harsdörffer, Zesen, Logau u. a. In der Satzung der Gesellschaft heißt es: «Fürs andere, das man die hochdeutsche Sprache in ihrem rechten Wesen und Stande, ohne Einmischung frembder und ausländischer Wort aufs möglichste und thunlichste enthalte, und sich so wol der besten Aussprache im Reden als der reinsten Art im Schreiben und Reimedichten befleißige.» Auch in Straßburg, in unmittelbarer Nähe von Grimmelshausens Wohnort Renchen, bestand seit 1633 eine solche Vereinigung, die «Aufrichtige Tannengesellschaft». Grimmelshausens zeitweiliger Dienstherr, der Arzt Kueffer, selbst literarisch interessiert, pflegte Kontakte zu dieser Gesellschaft, so daß anzunehmen ist, daß der Dichter über ihre Bestrebungen informiert war.

*In dieser Diskussion um die Reinerhaltung der deutschen Sprache, die fällige Reform der Orthographie und die Zurückdrängung der Fremdwörter vertrat Philipp von Zesen radikale Ansichten; 1643 sammelte er seine Anhänger in einer eigenen Organisation, der «Teutschgesinneten Genossenschaft», in deren Satzung gefordert wird, «daß gemelter hochdeutschen Sprache eigne angeborne Grundzierde nicht allein erhalten und vor allem fremden Unwesen und Gemische bewahrt, sondern auch ... alles eingeschlichne Unreine ... abgeschaffet und in ein Besseres, wo immer thunlich, verändert werde.» Als «unrein» erachtete Zesen nicht nur die Fremdwörter, sondern auch Lehnwörter wie «Fenster» (lat. «fenestra»); sein Vorschlag war es, dieses Wort zu ersetzen durch das rein-teutsche «Tagleuchter». Er auch forderte die Vertreibung der «unreinen» Buchstaben C, Y, V und Q aus dem Deutschen. Mit diesen extrem puristischen Positionen Zesens setzt sich Grimmelshausen im 4. und 5. Kapitel des «Teutschen Michel» satirisch auseinander. Zu den Verderbern der «auffrichtigen teutschen Heldensprach» rechnet Grimmelshausen also nicht nur die Sprachmenger und «Alamode-Welscher», seien es «hoffärtige Sprachhelden», die mit ihren fremden Sprachen prangen und damit «ihrem Vatterland die Ehr stehlen», seien es halbgebildete «Zwickdärm», die sich durch den ausgiebigen Gebrauch von Fremdwörtern und lateinischen Wendungen Achtung verschaffen wollen, oder aber ungebildete «grobe Knollfinken», die sich durch die Verwendung unverstandener, entstellter fremdsprachlicher Elemente lächerlich machen. Neben den «Sprachnarren», die durch allerlei üble Redegewohnheiten das Deutsche verunstalten, gelten ihm als dritte Gruppe der Sprachverderber gerade auch die um eine radikale Reinigung der deutschen Sprache bemühten Sprachgesellschafter um Philipp von Zesen. Grimmelshausen bezieht in der Diskussion also eine gemäßigt konservative Position; er verwendet sich zwar für die Bewahrung des Deutschen vor der Verderbnis durch fremdsprachliche Einflüsse, setzt sich aber, teils ernsthaft, teils ironisch argumentierend, zur Wehr gegen die von Zesen geforderten einschneidenden Eingriffe in Orthographie und Wortschatz.*

*Bei der Lektüre von Grimmelshausens Traktat könnte der Eindruck entstehen, daß es sich bei dem Autor um einen respektablen Universalgelehrten handelt, der über breite Sprachkenntnisse, profundes historisches, medizinisches, philologisches Wissen verfügt. Ein Blick auf die Biographie des Dichters bestätigt diesen Eindruck nicht. Geboren 1621 in Gelnhausen, wächst er zunächst in kleinbürgerlichen Verhältnissen auf; der Großvater und wohl auch der Vater betreiben eine Bäckerei und eine Weinwirtschaft; der Knabe besucht die örtliche Lateinschule. Nach der Zerstörung Gelnhausens 1634 gerät Grimmelshausen – wie sein Held Simplicissimus – unter die Soldaten; sein Lebenslauf in den folgenden Jahren läßt sich nur durch vorsichtige Rückschlüsse aus seinem Roman rekonstruieren, der zweifellos viel Autobiographisches enthält. Nach jahrelangen Feldzügen kreuz und quer durch Deutschland tritt er 1639 als einfacher Musketier in die Dienste des Obersten von Schauenburg, des Kommandanten der Festung Offenburg; hier avanciert er zum Schreiber in der Regimentskanzlei. Als Regimentsschreiber nimmt er 1648 noch einmal an einem Feldzug gegen die Schweden und die Franzosen teil; 1649 wird er nach seiner Entlassung aus dem Militärdienst von Schauenburg als Verwalter eingestellt. Nach langem unruhigem Soldatenleben wird Grimmelshausen jetzt in Gaisbach bei Oberkirch in der Ortenau seßhaft; er heiratet die Tochter eines gehobenen Beamten und gründet einen eigenen Hausstand. Er gelangt zu einem bescheidenen Vermögen, erwirbt Grundbesitz und eröffnet eine Weinwirtschaft. 1662 tritt er als Vogt der Ullenburg in die Dienste des reichen Arztes Kueffer, der in Straßburg praktiziert und Leib-Medicus verschiedener hochgestellter Persönlichkeiten ist. Diese Stellung gibt Grimmelshausen 1665 wieder auf. Er kehrt zurück nach Gaisbach, wo er seinen Wirtsbetrieb im Gasthaus «Zum silbernen Stern» fortsetzt. In diese Zeit fällt seine erste literarische Veröffentlichung («Satyrischer Pilgram» 1666). 1667 wird er Schultheiß in dem kleinen Ort Renchen (am Rande des Schwarzwalds, unweit von Straßburg); in den folgenden Jahren entsteht der Großteil seines literarischen Werks. Inzwischen Vater einer vielköpfigen Familie, stirbt er im Alter von 55 Jahren am 17. August 1676 in Renchen.*

*Musketier, Schreiber, Burgvogt, Gastwirt, Schultheiß: Grimmelshausen war mitnichten ein gebildeter Akademiker. Woher also dann die Gelehrsamkeit, die er in seinem «Teutschen Michel» entfaltet? Die philologische Forschung hat die Quellen aufgespürt, aus denen er schöpfte. Nur die wichtigsten seien hier genannt: neben den bereits erwähnten «Gesichten» Moscheroschs vor allem das enzyklopädische Werk des Italieners Thomas Garzoni mit dem Titel «Piazza Universale. Das ist: Allgemeiner Schauplatz, Marckt und Zusammenkunfft aller Professionen, Künste, Geschäffte, Händel und Handtwercke...». Dieses ursprünglich lateinisch geschriebene, 1619 ins Deutsche übersetzte Buch hat Grimmelshausen als eine Art Nachschlagewerk benutzt; ihm verdankt er einen großen Teil der Kenntnisse, durch die er in seinem Traktat, aber auch in anderen Schriften, beeindruckt. Ganze Passagen im ersten Kapitel des «Teutschen Michel» folgen fast wörtlich Garzoni. Manches aus der Vorlage gibt Grimmelshausen gerafft wieder, oft nimmt er auch nur Motive auf, die ihn zu eigener Ausgestaltung anregen (so etwa die Anekdote von der Apotheke am Straßburger Kornmarkt). Benutzt hat er auch das sprachwissenschaftliche Standardwerk seiner Zeit, Justus Georg Schottels «Ausführliche Arbeit von der teutschen Hauptsprache, worin enthalten gemelter dieser Hauptsprache Urankunft, Uraltertum, Reinlichkeit, Eigenschaft, Vermögen, Unvergleichlichkeit, Grundrichtigkeit» (1663). Die im 12. Kapitel des «Teutschen Michel» diskutierte Stammworttheorie geht auf Schottel zurück. Grimmelshausen nennt zwar den Reiseschriftsteller Zeiller als seinen Gewährsmann – aber auch dieser hat sein Wissen von Schottel bezogen. So ist es oft schwierig, die von Grimmelshausen benutzten literarischen Quellen ganz genau auszumachen; das gegenseitige Abschreiben war unter den Literaten des Barock ein gängiges und durchaus nicht verpöntes Verfahren. Im «Abentheuerlichen Simplicissimus» erklärt der Held, befragt nach der Herkunft des von ihm in einem Buch vorgeführten Wissens: «Ich antwortet, was ich geschrieben hätte, das wäre meine eigene Erfindung nicht, sondern hätte es aus andern Büchern extrahirt...».*

*Bei der Beschäftigung mit den vielfältigen Quellen von Grimmelshausens*

*Sprachtraktat wird deutlich, daß der «Teutsche Michel» in seiner theoretischen Argumentation keineswegs originell ist; vielmehr faßt er die in den vielen ihm vorausgegangenen Sprachschriften dargelegten Argumente nur zusammen. In dieser Hinsicht ist das Buch im wesentlichen eine kompilatorische Leistung des Autors, Frucht seiner ausgedehnten Lektüre und einer systematisch betriebenen Zettelkastenarbeit. Deutlich wird dabei aber auch, inwiefern seine Schrift die vorangegangenen Arbeiten übertrifft: sie ist keine trockene wissenschaftliche Abhandlung, sondern, dank Grimmelshausens humoristischer Fabulierkunst, als eine eher satirische Schrift mit Vergnügen zu lesen. Bei aller Sorge des Autors um die Reinhaltung von Sprache und Sitten, allem moralisierendem Ernst – auch für den »Teutschen Michel» gilt der Satz Grimmelshausens: «Es hat mir so wollen behagen, mit Lachen die Wahrheit zu sagen.» Es sind die farbensatten Illustrationen, die prallen Beispiele aus dem Alltagsleben der Barockzeit, die die Lektüre dieses «hertzhafften Tractätels» zum Genuß machen. Noch ein Weiteres läßt die Quellenforschung deutlich werden: den Bildungshunger Grimmelshausens, sein Bestreben, das ihm durch die widrigen Zeitumstände Entgangene nachzuholen durch intensive Lektüre aller für ihn greifbaren Bücher. Sie waren zu jener Zeit noch überaus teuer, für ihn selbst kaum erschwinglich: die im Zettelkasten gesammelten Exzerpte ersetzten ihm eine eigene Bibliothek. Auch wenn seine klugen Argumente nicht von ihm selbst stammen – die Belesenheit dieses Gastwirts und Schultheißen läßt staunen. «Ich hab doch sonst kein Freud in der Welt als Lesen», bemerkt einmal sein Held Simplicius.*

*So ist Grimmelshausens Sprachtraktat in mehrfacher Hinsicht interessant. Nicht nur seines satirischen Charakters wegen, nicht nur wegen seiner humoristischen Miniaturen: auch wegen der Einblicke in das siebzehnte Jahrhundert, die er bietet, Einsichten in ein wissenschaftliches Denken, das unseren durch die Aufklärung geprägten Begriffen von Wissenschaftlichkeit noch kaum entspricht, ein Denken, orientiert an der Autorität der Bibel, durchdrungen von mythischen und mystischen Vorstellungen. Beispielhaft dafür ist die Argumentation Grimmelshausens gegen den puristischen Vor-*

*schlag, den Namen des Erlösers hinfort «Kristus» zu schreiben: das sei ein Vorschlag, der das Seelenheil der Menschen bedrohe, sie der «Verdambnus» überantworte, dem Teufel Tür und Tor öffne. Nicht zuletzt aber ruft diese Schrift, indem sie die Sprachdiskussion der Barockzeit anschaulich zusammenfaßt, ein Kapitel deutscher Sprachgeschichte in Erinnerung, macht auf die Hindernisse und Schwierigkeiten aufmerksam, die die deutsche Sprache zu überwinden hatte, bevor sie zur Gemeinsprache der Deutschen werden konnte – zu der Sprache, deren wir uns heute wie selbstverständlich bedienen. So kann Grimmelshausens Traktat ein Bewußtsein dafür wecken, daß die Sprache mehr ist als nur ein Instrument der Kommunikation, ein Bewußtsein für ihren Eigenwert, für ihre Identität und deren Bedrohungen, für die Verletzbarkeit dieses mühsam erworbenen Guts.*

*Wenn Grimmelshausen seinen Helden im Narrengewand als Kritiker seiner Zeit auftreten und es sich belieben läßt, «mit Lachen die Wahrheit zu sagen», so erfüllt er damit die Grundforderungen barocker Poetik, wie sie im Anschluß an die berühmte Formel des Horaz in den Begriffen «prodesse» und «delectare» (nützen und ergötzen) zusammengefaßt waren. Erheiternd und mit Erkenntnisgewinn zu lesen ist sein Traktat allemal – zu faszinieren vermag es den heutigen Leser indessen vornehmlich aus einem anderen Grund. Die deutsche Sprache ist ja nicht nur Gegenstand dieser Abhandlung, sondern auch deren Medium: was er zu vermelden hat, sagt Simplicissimus «auff gut Teutsch». So sehr all das interessieren mag, was in den dreizehn Kapiteln des Buches besprochen wird – beeindruckt wird der Leser doch in erster Linie von der Sprache selbst: von dem ungemein kraftvollen barocken Deutsch Grimmelshausens, einer Sprache, die in ihrer Klangfärbung, in Wortschatz und Idiomatik zwar bodenständig-volkstümlich anmutet, die aber in ihrem ausladenden Satzbau, ihrem Reichtum an farbigen Vergleichen, ihrer imposanten Rhetorik doch recht kunstvoll gestaltet ist. Verfaßt in «hertzhafftem Teutsch», prangend mit seiner Sprache, ist das Tractätel Grimmelshausens ein literarisches Kleinod – zu kostbar, um vom deutschen Michel vergessen zu werden.*

# Anmerkungen

Seite 8, Zeile 2 von unten sich an den Laden legen: sich sehen lassen, auf sich aufmerksam machen

11, 3 v. u. Atzlen: Elstern

12, 12 logos (griech.): Wort, Sinn

12, 22 sehr nahe: beinahe

12, 3 v. u. gar zeitlich: frühzeitig

13, 6 Nimrod: nach der Völkertafel in 1. Mose 10 ein Urenkel Noahs; vorgestellt als Städtegründer und «gewaltiger Jäger vor dem Herrn»

13, 4 lib. Confessionum: Bekenntnisse, I, 13 f.

13, 1 v. u. de doctrina Christiana: Über die christliche Lehre II, 11

14, 4 Titul: die Schrifttafel am Kreuz; vgl. Luk. 23, 38

14, 7 Codex Justinianaeus: Aufzeichnung des römischen Rechts durch den oströmischen Kaiser Justinian (483–565)

14, 11 Isaac Rabbi Levi: Rabbiner und Arzt (gest. 940); seine Schriften wurden 1516 in lat. Übersetzung gedruckt.

14, 12 Avicenna: berühmter islamischer Arzt und Philosoph (gest. 1037); sein «Canon medicinae» (ursprünglich in Arabisch; in lateinischer Übersetzung 1658 gedruckt) beherrschte lange Zeit die medizinischen Anschauungen.

14, 12 Averroes: arabischer Philosoph (gest. 1198); Richter in Sevilla, Kommentator des Aristoteles und Verfasser medizinischer Schriften

14, 13 Galenus: Arzt aus Pergamon (gest. 199), Leibarzt des Kaisers Mark Aurel; seine Schriften waren von großem Einfluß auf das medizinische Denken des Mittelalters.

14, 19 Spänn: Streitigkeiten

14, 8 v. u. Vivers: Lebensmittel (von frz. *vivres*)

15, 6 empfahen: empfangen

16, 1 verholfen: behilflich

18, 11 Mirandulanus: der Graf Giovanni Pico della Mirandola (1463–94), ital. Humanist und Philosoph; im Alter von 23 Jahren forderte er alle Gelehrten der Welt zu einer Disputation über die von ihm aufgestellten 900 Thesen auf. Vom Papst mit Bann belegt, wurde er 1493 von Savonarola zu streng christlichem Glauben bekehrt.

18, 11 Scaliger: Julius Cäsar Scaliger (1484–1558), italienischer Humanist und Dichter, Verfasser der bedeutendsten Renaissance-Poetik, an der

sich noch die Dichter des Barock orientierten, auch Martin Opitz in seinem «Buch von der deutschen Poeterei» (1624), der maßgeblichen Poetik der Barockzeit
Salmasius: Claudius Salmasius (1588–1653), französischer Philologe, Professor an der Universität Leiden

18,12 Vossius: Gerhard Johannes Voß (1577–1649), klassischer Philologe, Verfasser grammatischer, rhetorischer und historischer Werke
Grotius: Hugo Grotius (1583–1645), niederländischer Rechtsgelehrter, Staatsmann, Historiker und Theologe
Heinsius: Daniel Heinsius (1580–1655), niederländischer Philologe und Dichter, von großem Einfluß auf die deutsche Barocklyrik
Birckheimer: Willibald Pirckheimer (1470–1530), Ratsherr und Humanist in Nürnberg, Freund Dürers

18,15 Rosenobel: englische Goldmünze, auf deren Rückseite das Bild einer Rose eingeprägt war
Raimundus Lullius: Ramón Lull, spanischer Scholastiker, Dichter und Verfasser alchimistischer Schriften; als Missionar 1316 in Afrika gesteinigt

19,10 Geld vertragen: forttragen

19,9v.u. Rebsteckenwelsch: herabsetzende Bezeichnung für kleinere romanische Sprachen

22,7v.u. Heraclites: Heraklit (ca. 550–480 v. Chr.) galt als «weinender» Philosoph, im Gegensatz zu Demokrit (ca. 460–410 v. Chr.), der als Weiser über die Torheit der Menschen lachte; von ihm heißt es im «Abentheuerlichen Simplicissimus»: «Ich fand auch, daß Lachen eine Krankheit ist ... Democritus ist bis an sein End damit infiziert gewest.»

22,1v.u. lefflen: den Hof machen. Begegnet bei Grimmelshausen auch als Hauptwort: Leffelei, Leffelkatze. Das Wort ist verwandt mit mhd. *Lappe*: einfältiger Mensch, Narr, Geck (vgl. läppisch/Laffe). Schon im Mhd. wurde *Leffel* in diesem abfälligen Sinn gebraucht (vgl. «Rotzlöffel»). «Lefflen» meint also: sich als ein Leffel/Lappe/läppisch aufführen, indem man jemandem den Hof macht.

23,1 potzmartern: fluchen. Das in vielen Flüchen begegnende «Potz!» ist eine Entstellung von «Gotts»; «potzmartern» meint demnach eigentlich: Gottes Marter berufen. Vgl. dazu den bei Grimmelshausen mehrfach belegten Ausdruck «Potz Fickerment» (Gottes Sakrament). Auch Luther gebraucht «martern» für «fluchen».

23,2 bei teilen: teilweise, da und dort

23,10 calecutische Hahnen: Truthähne; nach der im Mittelalter bedeutenden Hafenstadt Calicut an der indischen Westküste

23,13 Schnupfen: Schnauben

Gekoller: Geschrei des zürnenden Truthahns; Wutanfall. Geht zurück auf griech. *cholera*: Gallenbrechruhr. Der «Choleriker» also bekommt seinen «Koller», wenn ihm «die Galle hochkommt».

23,14 aufrupfen: jemandem die Mängel vorhalten

23,4 v.u. Bas Catharin: Grimmelshausen meint Christian Weise (1642–1708), Gymnasialdirektor in Zittau, der seinen moralsatirischen Roman «Die drei ärgsten Ertznarren in der Welt» (1672) unter dem Pseudonym «Catharinus Civilis» herausgegeben und in diesem Buch den Autor des «Simplicissimus» als «Salbader» bezeichnet hatte.

23,3 v.u. zum Salbader logieren: zum Schwätzer stempeln

24,4 v.u. Thale: Thales von Milet (um 600 v. Chr.), Naturphilosoph und Astronom, einer der Sieben Weisen

25,11 Aglaus Psaphidius: Als der reiche König Gyges das Orakel in Delphi befragte, ob es einen Menschen gebe, der glücklicher sei als er, wurde ihm Aglaos von Psaphis genannt, ein alter Bauer in Arkadien, der trotz seiner Armut stets zufrieden war (Plinius).

25,20 Scipio Asiaticus: der römische Feldherr Lucius Cornelius Scipio erhielt für seinen Sieg über Antiochus von Syrien (190 v. Chr.) den Beinamen «Asiaticus». Wegen Veruntreuung der Beute und wegen Bestechung angeklagt, wurde er zu einer hohen Geldstrafe verurteilt.

25,5 v.u. Novazembler: Bewohner der Insel Nowaja Semlja im nördlichen Polarmeer

27,12 Aschenatz: der in der Völkertafel (1. Mose 10) erwähnte Askenas, wie Nimrod ein Urenkel Noahs, galt der Sage nach als Stammvater der Deutschen; nach ihm heißen die deutschen Juden Aschkenasim. Vgl. dazu auch Kap. 12.

29,7 Elixir divinum: göttliche Zaubertinktur; oft auch «Stein der Weisen» genannt (Elixir aus arab. *al-iksir*: Stein der Weisen). Die Alchimie, deren Blütezeit im Barock lag, hatte die Vorstellung, daß alle Metalle außer den Grundbestandteilen (Quecksilber, Schwefel, Salz) auch einen «Goldkeim» enthalten; dieser sollte durch den «Stein der Weisen» befreit und befördert werden, so daß das unedle Metall sich in reines Gold verwandelt. Vgl. Kap. 2: das Kunstgold des Raimundus Lullus. Dieser alchimische Reinigungsprozeß wurde wiederum als Analogon einer christlichen Läuterung des Menschen begriffen, und so erscheint bei Angelus Silesius (1624–77) der «Stein der Weisen» als Allegorie des Erlösers: «Ich selbst bin das Metall, der Geist ist Feuer und Herd,/ Messias die Tinktur, die Leib und Seel verklärt.» («Cherubinischer Wandersmann» 1674).

29,7 gumpen: springen, hüpfen (vgl. engl. *jump*)

30,3 Fruchtbringende Gesellschaft: älteste und wichtigste der Sprachgesellschaften im 17. Jahrhundert (Vgl. Nachwort). In diesem Abschnitt wendet Grimmelshausen sich gegen die von Philipp von Zesen propagierten Vorschläge zur Reform der deutschen Sprache.

30,21 Hudler: Pfuscher, Schlamper. Aus mhd. *hudel/huder/hader:* Lumpen, Lappen. (Vgl. «Haderlump»)

31,6 Ruscellius: Girolamo Ruscelli (gest. 1566), Sprachgelehrter in Venedig

31,10 Nota aspirationis: Hauchzeichen; ersetzt im Griechischen den Laut h

31,13 pax, arx, lex (lat.): Frieden, Burg, Gesetz

32,10 Philo: Philosoph aus Alexandrien, zur Zeit Christi. Sein Hexameron (griech.: «Geschichten von sechs Tagen») gibt einen Kommentar zur Schöpfungsgeschichte. – Die folgenden Darlegungen hat Grimmelshausen von Garzoni übernommen (vgl. Nachwort).

33,10 dies zeug Judaea: dies bezeuge die jüdische Überlieferung
Talmudisten: Erklärer des Talmud, der bedeutendsten Zusammenfassung der Lehren, Vorschriften und Überlieferungen des nachbiblischen Judentums. Enthält neben Erzählungen, Sinnsprüchen, erbaulichen Betrachtungen auch Religionsvorschriften, Ehegesetze, zivil- und strafrechtliche Bestimmungen. Dem Talmudisten obliegt die Auslegung dieser tradierten Gesetze.

33,11 Kabbalisten: Anhänger der Kabbala, der jüdischen Mystik. Im 13. Jahrhundert entstanden als Gegenströmung zum nüchternen Talmudismus, beschäftigt sich die Kabbala mit dem geheimen, mystischen Sinn des Alten Testaments, mit der verborgenen Bedeutung von Namen, Begriffen, Zahlen.

33,19 Beda Venerabilis: frühenglischer Kirchenlehrer und Historiker (gest. 735)

34,10 Cyprianus: frühchristlicher Kirchenvater, Bischof von Karthago; 258 von den Römern enthauptet. – Lebte allerdings lange vor Augustinus (354–430).

34,20 Sibylla: im Altertum Name der weissagenden Frauen. Grimmelshausen bezieht sich auf die Sibyllinischen Sprüche (Oracula Sibyllina), eine Sammlung von Weissagungen aus dem 2. Jahrhundert n. Chr.; diese 14 Bücher (unvollständig erhalten) enthalten christliche Überarbeitungen jüdischer und heidnischer Weissagungen. – Nicht zu verwechseln mit den (vorchristlichen) Sibyllinischen Büchern, Weissagungen der Sibylle aus Cumae, die auf dem Capitol in Rom als Heiligtum aufbewahrt wurden und nur auf Beschluß des Senats von den Priestern befragt werden durften. – Sibyllenbücher mit christlichen Prophezeiungen waren im Barock verbreitet, auch Sibyllendarstellungen in der Malerei.

37,8 Tagleuchter: Verdeutschungsvorschlag von Philipp von Zesen

38,15 Boragen: Lauch
Kappes: Kohlkopf (von lat. *caput:* Kopf)
38,16 Calmes: Kalmus (Aronstabgewächs); die Wurzel dient zur Herstellung von Likör und Arzneimitteln.
38,18 Nespeln: Mispeln (südeuropäisches Kernobstbäumchen)
38,19 Borzel: Portulak, Burzelkraut (Gemüse- und Würzpflanze)
39,1 Caranna usw.: verschiedene Harzarten
39,4 Assa dulcis: Benzoeharz, verwendet für Parfüme und Räucherwerk
kauderwelsch: entstanden aus «kaurerwelsch» (Churerwelsch): die in der Gegend um Chur gesprochene rätoromanische Sprache. Sie zählt für Grimmelshausen zum «Rebsteckenwelsch» (vgl. Kap. 2). Dann allgemein für unverständliches Sprachgemisch. «Kauderer» wurden im oberdeutschen Sprachraum auch die (welschen) Hausierer genannt.
39,17 Maulaffen: Gaffer, die mit offenem Maul untätig herumstehen; ursprünglich Köpfe aus Ton, denen man zur Beleuchtung des Raums brennende Kienspäne in den Mund steckte (österr.: *Maulauf;* böhm.: *Mäulaff;* rheinfränk: *Mulop*).
39,9 v.u. Vettel (von lat. *vetula*): altes Weib
39,7 v.u. Tutia: Zinkkalk
Turbith: indische Schlingpflanze, deren Wurzel als Arzneimittel diente
39,6 v.u. Alkikenga: Judenkirsche, rote Hundsbeere; giftiges Nachtschattengewächs, früher als Arznei verbreitet im Gebrauch
Laudanum: Mohnsaft
Jujuba: Beerenfrucht gegen Brustleiden
39,5 v.u. Opopanacum: Pastinakharz
Scabiosa: Grindkraut, Mittel gegen Krätze (Scabies)
Rhapontica: Extrakt einer Rhabarberpflanze, Abführmittel
39,2 v.u. Bezoar: Gegengift; Stein, der sich im Magen verschiedener Tiere bildet. Aus pers. *padsahr*: Gegengift
40,10 Teriak: universelles Heilmittel gegen Vergiftungen, aus vielerlei Bestandteilen
40,11 Giftlatwergelein: Latwerge, mit Sirup oder Mus verrührtes Pulver, das als Arznei eingenommen wird (von lat. *electuarium*)
40,14 Alde: Althee (Malvengewächs), gegen Durchfall und Husten gebraucht. Alde ist aber auch eine Abschiedsgruß-Formel (ähnliche Wortbildung wie: Ade)
40,21 Nicotiana: benannt nach Jean Nicot (1530–1600), dem französischen Gesandten in Lissabon, der die Tabakpflanze nach Frankreich einführte
Herbe de la Royne mère: Kraut der Königin-Mutter

40,22 Herbe du grand Priour: Kraut des Großpriors
L'Herbe de l'Ambassadeur: das Kraut des Gesandten

40,23 Herba Sancta: Heiliges Kraut

41,4 die Rätersch: das Rätsel

41,18 Angelica: Engelwurz

42,3 Tractätel: in ihm verspottet Christian Weise (s.o.) ebenfalls die Rechtschreibungsreform Zesens

43,9 Schiedmünz: Scheidemünze: unterwertig geprägte Münze (Metallwert unter Nennwert) mit Annahmezwang, aus Legierungen unedler Metalle

43,10 Valor (lat.): Wert, Geltung

44,3 Imbs: Imbiß

44,6 Bänne: Kärrner (von lat. *benna:* der zweirädrige Korbwagen der Kelten)

44,11 Calepinus: Augustinermönch aus Bergamo (1435–1511), Verfasser eines lateinischen Wörterbuchs mit Erläuterungen in vielen Sprachen; in der Ausgabe von 1590 sind es bereits elf Spachen.

44,9 v.u. Hegel: eigentlich Zuchtstier; übertragen: Dummkopf, Grobian

45,3 Abzwagung: Abwaschung, auch im Sinne von «Abreibung»
ausreiben: säubern, auch: «eine Abreibung verpassen»

45,5 an ungewisser Schuld: bei mangelnder Bonität des Schuldners

45,8 Zwickdarm: entstanden durch Entstellung des mhd. *zwitarn:* Zwitter

45,14 Antipodes (griech.-lat.): Gegenfüßler; Bewohner der entgegengesetzten Seite des Erdballs

45,19 verschwören: hier im Sinne von «sich durch Schwur von etwas lossagen». Im Originaltext steht «verschweren»; in gleichem Sinne aber 52, 10/9 v.u. «verschwören», darum diese Anpassung.

45,22 Banus vesper: statt Bonus vesper (lat.): Guten Abend

45,9 v.u. Lilienstadt: Straßburg (führte eine Lilie im Wappen)
abripiern: abreißen; gemeint ist: abreisen

45,8 v.u. depraecarieren: statt deprecieren: bitten

45,7 v.u. Missiv: Sendschreiben
Aromatorium: für Apotheke (wohl wegen des aromatischen Geruchs; von lat. *aroma:* Wohlgeruch, Gewürz)
der Cerere Mark: der Korngöttin (Ceres) Markt

45,5 v.u. praestariern: statt praestieren geben
deferriern: bringen

45,4 v.u. reciproce (lat.): ebenso im umgekehrten Fall

45,3 v.u. remeritiern: erwidern, entgelten

46,7 v.u. Laus Deo (lat.): Lob sei Gott

46,2 v.u. Manu propria (lat.): eigenhändig

47,11 herausschwören: fluchen
47,11 Cazzo (ital.): Schwanz (Penis)
47,5 v.u. O Coridon...: O Coridon, welch Wahnsinn hat dich erfaßt. Zitat aus Vergils 2. Ekloge (V. 69)
48,6 Knollfink: grober, plumper Mensch (vgl. «Schmutzfink»)
48,8 Mühlkarch: Mühlkarren
48,5 v.u. Catalogus: statt Katarrh (von griech. *katarrhein:* herabfließen)
48,4 v.u. Plumplones: statt Pulmones: Lungenflügel
deciteriert: statt decidiert: herabgefallen
49,4 Zachäus: vgl. Lucas 19, 2
49,8 Tullipanen: Tulpen (von pers.-türk. *dulband:* Turban)
49,13 Agnus Dei (lat.): Lamm Gottes; Wachsbildchen oder Medaillons mit einer Abbildung des Lamms
49,7 v.u. Joanni Baptistae: Johannes dem Täufer
50,4 Accafick: statt Aquavit
50,5 atcettieren: statt akzeptieren: annehmen
50,10 in den Bantsch schlampampt: sich den Wanst vollgeschlagen, geschlemmt
50,11 Capritollium: statt Capitolium (von lat. *caput*: Kopf)
50,12 mallatter: statt malade: krank
50,18 gehetzt: aufgestachelt, aufgezogen
gebeizt: gejagt, angegriffen
50,19 Tischrat: Hofnarr
50,9 v.u. Lamparter: Langobarden
50,8 v.u. geradbrecht: über das Rad gebrochen, gerädert; in übertragenem Sinn: mißhandelt, entstellt
51,8 s.h.: lat. *salvo honore:* unter Wahrung des Anstands, mit Verlaub
52,7 contentiert: zufriedenstellt
52,8 kürr: zahm, mild
52,10 schulen: schulmeistern
52,2 v.u. Ehevolk: Eheleute
52,1 v.u. reine Religion: Reformierte, Calvinisten
53,1 Göttel: Taufpaten
53,5 Josephus: Flavius Josephus (37–100), jüdischer Geschichtsschreiber
53,7 Herodes Ascalonita: letzter großer König der Juden, regierte 37–4 v. Chr.; der König Herodes des Evangeliums.
53,21 Judicium: Urteilsvermögen, Scharfsinn
53,9 v.u. Losament: Unterkunft (von frz. *logement*)
53,4 v.u. strollen: strolchen
55,1 Schützen: Anfänger, Stümper (vgl. «ABC-Schütz»)
55,2 Kolb: Narrenkolben, zusammen mit der Schellenkappe Abzeichen des Narren (vgl. Titelkupfer)

55,6 Kilcha gho: Kirche gehn
Garind rühra: Grind rühren, auf den Kopf hauen
55,8 Aun, aun, la mi gaun: Ach, ach, laß mich gehn
55,9 Naut im Schank: Nichts im Schrank
55,8 v. u. vexieren: quälen, foppen
55,2 v. u. Hochteutsche: Oberdeutsche, Süddeutsche
56,6 Hechel: kammartiges Gerät zur Bearbeitung von Flachs und Hanf, das die Fasern aufspaltet und ordnet, unbrauchbare Teile aussondert. Von daher die übertragene Bedeutung.
56,15 Niltsbolg: Iltisbalg
56,18 Stögen: Hemdzipfel aus grobem Leinen
57,6 spartanisch: bekannt für ihre knappe Ausdrucksweise waren die Spartaner, die in Lakonien, im Süden des Peloponnes, wohnten (daher auch «lakonisch»).
57,8 tribulieren: quälen
57,21 Verarbeite: Verarbeitung
jovial- und saturnische Metalle: dem Planeten Jupiter war von den Metallen das Zinn, Saturn das Blei zugeordnet, der Sonne das Gold, dem Mond das Silber.
57,4 v. u. die Brotstraß ausflözen: «die Speiseröhre durchspülen»
58,3 Schleppsack: abfälliger Ausdruck für Frauenzimmer
58,2 v. u. Hör Kettu: Hör Käthe du
59,4 Rotlauf: durch Wundinfektion vom Tier auf den Menschen übertragene Krankheit (Erysipeloid), bei der sich die Haut blaurot verfärbt. Damals auch «Sankt-Antons-Feuer» genannt.
59,20 Leilach: Leintuch
59,23 Kunkel: Spinnrocken
59,3 v. u. Hahnrei: betrogener Ehemann (eigentlich: verschnittener Hahn, Kapaun)
60,21 Mutz: kurzes Gewand, Jacke
62,9 v. u. lullen: schnullen
62,6 v. u. Luther: seine Schrift mit dem Titel «Vermahnung zum Gebet wider den Türcken» findet sich in Band 7 der Jenaer Luther-Ausgabe, die 1557–60 in acht Bänden erschienen war.
63,19 desiderierende Prosperität: erhofftes Wohlergehen
63,6 v. u. Autor des «Wunderbarlichen Vogelnests»: Grimmelshausen selbst; das 1672 erschienene Buch zählt wie der «Teutsche Michel» zu seinen simplicianischen Schriften.
64,13 Laur: listiger Mensch, Schelm, Spitzbube; im 17. Jahrhundert beliebtes Schimpfwort
65,12 Wann es nit waur ischt...: «Wenn es nicht wahr ist, so gebe Gott, daß dieser Wein ein Gift und Popperment in mir werde». Popper-

ment: Operment, Auripigment (von lat. *auripigmentum:* Gold-Farbstoff)

65,7 v.u. gähling: jäh

65,5 v.u. Aun, ihr Haire...: «Ach, ihr Herren, hört um Gottes willen, es ist wirklich alles nicht wahr, was ich gesagt habe!»

67,10 Geheien: das auch heute noch in manchen Gegenden des deutschen Sprachraums anzutreffende, in verschiedenen Bedeutungen (reuen, werfen, fallen, schlagen) gebrauchte Wort «geheien» (auch «keien») war in der Barockzeit in gebildeten Kreisen verpönt: eines obszönen Beiklangs wegen galt sein Gebrauch als unfein, ja beleidigend. Gerichtliche Streitigkeiten, wie sie Grimmelshausen erzählt, sind dokumentiert. Der Dichter, der dieses Wort häufig benutzt, geht mit seinem Versuch, den «garstigen» Klang des Wortes zu erklären, allerdings fehl. Das ahd. *gihiwan* bedeutete ursprünglich «heiraten» («Heirat» und «geheien» haben dieselbe Stammsilbe), «einen Hausstand gründen»; im engeren Sinne meinte es «begatten». Seit dem 13. Jahrhundert wurde es zunehmend nur noch in sexuellem Sinn gebraucht: «das Gehei»: Geschlechtsverkehr. Das Wort begegnet seit dem 14. Jahrhundert in einer Reihe obszöner Ausdrücke: «verheite Hur»; «Mägdegeheier» (Schürzenjäger), «Kuhgeheier» (Schimpfwort für die Schweizer); «gehei dein Muoter» wurde im selben Sinne gebraucht wie das im Simplicissimus (3, 23) begegnende «die Mour brüen» (von «briuden»: brauten). Zudem nahm das Wort einen gewalttätigen Beiklang an («notzüchtigen»), der allmählich die ursprünglich sexuelle Bedeutung übertönte; schließlich wurde es gebraucht im allgemeinen Sinne von «mißhandeln», «plagen», «quälen», dann in abgeschwächterer Bedeutung: «verhöhnen», «ärgern», «hänseln». So erscheint es etwa bei Luther, der von einem guten Prediger verlangt, er solle sich von jedermann «vexieren und geheien» lassen; auch Grimmelshausen verwendet es in diesem Sinn: «... warum sie sich nur so von mir geheien ließen und mich nicht niederschlügen» (Simp. 3, 2). Obwohl also im Barock die ursprüngliche Bedeutung des Wortes nicht mehr bewußt war, haftete ihm doch noch der Geruch seiner Herkunft an. – Auch das reflexive «sich geheien» («Was gehei ich mich um den Pfaffen») hatte ursprünglich sexuellen Sinn. Konnte die Abweisung eines zudringlichen Werbers mit den Worten «Laß mich ungeheit» erfolgen, so war ein «gehei dich selbst» schon eine sehr grobe Abfertigung. Wie im vulgären Englisch dem «fuck yourself» das «fuck off» (verzieh dich) entspricht, so wurde auch das «geheien» verwendet: «sich weg-, fort-, hin-, davonkeien». In dieser Form ist es auch bei Grimmelshausen belegt: «... er sollte sich aus dem Trog geheien» (Simp. 3, 8). Seine ursprünglich obszöne Bedeutung verloren hat ebenfalls das «sich geheien», wie es im 10. Kap. des «Teutschen Michel» begegnet: es meint hier in der Tat nur noch «sich quälen», «sich bekümmern». Daß der Pfaffe sich allerdings nicht ganz grundlos beleidigt fühlt, dürfte deutlich geworden sein.

67, 14 verzwicken: entstellen, verkürzen, undeutlich machen

67, 8 v. u. interjectio ingemiscentis (lat.): eingefügter Klageruf, Seufzer

68, 3 v. u. anfahend: anfangend

68, 1 v. u. Rachtung: Schlichtung

70, 2 Kürbe: Kirchweih

70, 1 v. u. Nachbarschaft: Die Residenz des Bischofs von Speyer war Bruchsal

71, 13 Prag: der Stadtteil zu Füßen des Hradschin, der der Altstadt gegenüberliegt, durch die Karlsbrücke mit ihr verbunden ist

74, 1 Zeilerus: Martin Zeiller (1589–1661), bekannter Reiseschriftsteller

47, 7 v. u. Karch: Karren

74, 6 v. u. Öhmt: zweite Mahd, Grummet

74, 3 v. u. Spelz: Dinkel

74, 2 v. u. Gilg: Lilie

76, 1 v. u. Galgenmännlein: ein weiterer simplicianischer Traktat Grimmelshausens (1673), das sich mit dem Problem der Zauberei befaßt. Das «Galgenmännlein» (Alraunwurzel), dem Aberglauben nach entstanden aus dem Samen eines Gehängten, galt als Bringer von Glück und Reichtum. Die Schrift ist im angekündigten einsilbigen Stil verfaßt: «Liebr Sohn, dein Schreibn vom 17. dies. ist mir wohl zukommn, in welchm du von den sognanntn Galgnmännln so ausführlichn Bricht von mir bgehrst...»

77, 2 ausmontiert: ausgerüstet

77, 7 Meißner: der meißnerische Dialekt gewann durch die Lutherbibel großen Einfluß, einen normativen Anspruch; gegen diesen setzt sich Grimmelshausen hier implizit zur Wehr. Vgl. Kap. 11: «grobteutsch».

77, 13 Rist: Johann Rist (1607–1667), Barockdichter, Mitglied der «Fruchtbringenden Gesellschaft» und Stifter einer eigenen Sprachgesellschaft («Elbschwanenorden»)

77, 19 Kolben s. Anm. zu 55, 2

78, 8 v. u. ausgeplumbt: aus dem Rahm zu Klumpen gerührt

79, Überschrift sich an den Laden legen siehe Anm. zu 8, 2 v. u.

79, 3 kirr hier: angepaßt; vgl. Anm. zu 52, 8

80, 4 Mausköpf: Spitzbuben

80, 21 Stabhater: Richter

80, 6 v. u. Contribution: Beitrag, Abgabe

81, 2 assigniert: zugewiesen

81,3 bohren: zahlen

81,4 Davus: Name eines listigen Sklaven in zwei Komödien des römischen Dichters Terenz (gest. 159 v. Ch.), der seit der Renaissance zu den vielgelesenen Autoren in Deutschland zählte

81,4 Schanz: Chance

81,7 aushalftern: von einer Pflicht entbinden, entlasten (vgl. den Gegenbegriff: «einspannen»)

82,14 rotwelsche Sprache: schon seit dem 13. Jahrhundert Geheimsprache der Vagabunden; zusammengesetzt aus Elementen verschiedener Mundarten und Sprachen, u. a. Jiddisch. Als «welsch» bezeichnet wurden nicht nur die romanischen Sprachen, sondern auch – in übertragenem Sinn – unverständliche Redeweisen. Im Rotwelschen bedeutet das Substantiv *Rot* einen Bettler und Halunken (abgeleitet von mhd. *rote:* Schar, Bande); als Farbadjektiv hat *rot,* wie auch im Mhd., zugleich die Bedeutung «falsch», «hinterlistig».

82,9 v. u. Kandel: Kanne, Krug

83,2 v. u. avisieren: benachrichtigen

84,2 Helm auch: Stiel an Axt, Beil und Hammer.

# Zur Textgestalt

Grundlage dieser Edition ist die Erstausgabe von 1673 (Titelblatt s. Seite 5), und zwar das Exemplar der Herzog-August-Bibliothek in Wolfenbüttel.

Für das vorliegende Buch war ein Lesetext für Nicht-Wissenschaftler zu erstellen. Dabei war die Grundregel zu beachten, die für jegliche Anpassung älterer Schreibweisen an die heutige Orthographie gilt: den Lautstand unangetastet zu lassen.

Dem zufolge haben wir modernisiert: *Thor* > *Tor*, *drey* > *drei*, *biß* > *bis*, *Baaß* > *Bas*, *Geberden* > *Gebärden*, aber auch *darumb* > *darum*, *nemblich* > *nämlich*, *ihme* > *ihm* (*b* bzw. *e* sind hier als stumme Aussprachekennzeichnung zu betrachten), *solen* > *sollen*, *billich* > *billig*, *itzt* > *jetzt*, *Tach* > *Dach*. *Teutsch* wäre hier einzuordnen gewesen, doch hat diese Schreibweise eine eigene Tradition, der zuliebe wir bei der alten Schreibung geblieben sind. Einige alte Schreibformen stimmen mit der alemannischen Lautung überein; doch Grimmelshausen schreibt ein nicht-regionales Deutsch; darum haben wir modernisiert *Vatter* > *Vater*, *Bueb* > *Bub*.

Belassen haben wir: *bedörftig*, *nachöhmen*, *müglich*, *betriegen*, *darvor*, *handlen*. Inkonsequente Schreibweisen haben wir übernommen, wenn anscheinend zweierlei Lautungen nebeneinander im Gebrauch waren: *sonder* neben *sondern*, *Heimet* neben *Heimat* (doch nicht *Heymet* oder *Heymath*), *gewehnen* neben *gewöhnen*, *Mark* neben *Markt*, *vor* neben *für*, *nit* neben *nicht*, *uber* neben *über*.

Flexionsendungen haben wir grundsätzlich beibehalten, ebenso die Getrennt- bzw. Zusammenschreibung (*der jenig*; *Sprachhelden* neben *Sprach-Helden*) – mit Ausnahmen zur Vermeidung von Lese-Irritationen (stets auseinander gesetzt haben wir z. B. *zu bringen*, damit nicht *zúbringen* gelesen wird). Offensichtliche Druckfehler haben wir berichtigt. Die Interpunktion haben wir den heutigen Gewohnheiten angenähert.

Buchstabengetreu wiedergegeben sind die Zitate innerhalb des Nachwortes sowie die aus Fraktur gesetzten Kapitel-Überschriften. Deren Vergleich mit dem Inhaltsverzeichnis illustriert allerdings nur unser orthographisches Vorgehen; die lautlichen Unterschiede zwischen hier und dort entsprechen der Vorlage. Genauer nachprüfbar wird unser Verfahren durch den Vergleich der beiden Seiten aus der Ausgabe von 1673 (s. S. 110/111) mit unserer Fassung (Beginn S. 56, Z. 4 v. u.).

Teutsch welches gar zier- und höfflich seyn solte / auffbringen wollen / vielleicht wann es auffkäm daß es mehr Schreibtax extragen: und ihme also besser als eine laconische Art in die Kuche tragen möchte. Aber wer ihm zuhörete / wann ihm beym halben Rausch die Tauben recht stigen / der hatte sich krumm oder bucklicht lachen mögen.

Seinem Jungen gab er einsmahls disen Befelch; höre mein lieber getreuer weniger als ich / bequeme dich vermög deiner gehorsamen Schuldigkeit mit den dienstbaren Gliedern deines Leibs zu der Persohn deines eintzigen lieben Gebieters / und entledige dieselbe von denen zur Züchtigung verfertigten Tribulirern seines Pferds! ebenmässig auch von dem zwar beschwerlichen doch rittermässigen Zierrad / wardurch die Säulen / worauff der Pallast deß irdischen Gebäus seiner Seelen Wohnung ruhet / vor Regen und Wind: vor Kält und Hitz; vor Unreinigkeit / Schnee und allem Ungewitter beschirmt werden; Alle diese Umbständ waren keines andern Innhalts / als Jung / zeuch mir Sporren und Stiffel ab.

Seiner

Seiner Magd befahl er folgends/ du Ebenbild der jenigen Gleichförmigkeit / die uns wahren Menschen auß der lincken Seyten beydes zum Spaß und zur dienstlichen Hülffe im Anbegin zum besten erschaffen worden / dise trübselige Zeitlichkeit mit ihren Beschwerden desto leydenlicher zuüberstehen ; Ergreiffe den jenigen Sack/ der auß dem Flachs Jovis ( ist zu Teutsch Zinn ) durch die verarbeitede der Jovial : und Saturnischen Metallen / gespounen / gewebeu und außgenähet : auch mit meinen anschenlichen wohlhergebrachten Wappen signirt worden ; mit demselben begebe dich in disem Augenblick in das allerunterste Gewölbe meines Hauses / da wirst du finden ein großbauch - mässiges hölzern Geschirr/ mit vieler Rundigkeit umbgeben / darauß gewinne mir soviel vom edlen Safft der nimmer genugsamb belobten Reben / daß dessen genugsamb sey / darmit zugleich die Brodtstraß auszustötzen : meine lechzende Kehl zu erquicken : meine traurige Gedancken zu vertreiben/ und die edle Hirngeister zu belustigen.

D 6 Zu

8026 Ebenhausen bei München (Schäftlarn)
Satz und Druck: Rieder, Schrobenhausen
Bindearbeiten: Göttermann, Assling
ISBN 3-7846-0132-4. Printed in Germany